Hans Fallada

Wizzel Kien

HANS FALLADA

Wizzel Kien

Der Narr
von Schalkemaren

AUFBAU-VERLAG

Herausgegeben von Günter Caspar

ISBN 3-351-03201-3

1. Auflage 1995
© Aufbau-Verlag GmbH, Berlin 1995
Einbandgestaltung Susanne P. Radtke
Typographie Peter Friederici
Satz Dörlemann Satz GmbH, Lemförde
Druck und Binden Wiener Verlag, Himberg
Printed in Austria

ERSTES BÜCHLEIN
Frühe Jugend: Der enge Kreis

INHALT

ERSTES KAPITEL
Von Wizzel Kiens Stammbaum
und wie er zu einem Vater kam

Mein Vater ist der Kienholzmann von Schalkemaren gewesen, meine Mutter aber eine liederliche Schlumpen. So soll ein Sohn wohl nicht von seiner Mutter sprechen: Haben mir doch aber die Leute all mein Lebtage Narrenfreiheit gegeben, einem jeden zu sagen, was ihm keiner sagte, und habe ich doch sogar meinen hohen und gestrengen Herren, den Ritter von Wetterplitz, selbst in seinem höchsten Zorn einen Wutknollen und Feuerausdemdach, einen Kochüberhansen, einen Scharlachhintern und roten Krähhahn heißen dürfen – warum sollt ich da mit der Wahrheit vor der eigenen Familie haltmachen? Ich gebe der Mutter nur zurück, was sie mir gab, denn sie hat mich auch von zartesten Kindesbeinen an einen Hans Buckel und Ast mit dem Knast geschimpft. Und war sie es doch, die mich klein Kindlein nackt und bloß auf dem Tisch liegen ließ und rasch einmal hinauslief in den Blauen Hahnen, sich die Gurgel anzufeuchten. Als sie aber heimkam, habe ich auf dem Steinboden gelegen, zwar noch mit dem Lebensfunken, aber von Stund an wuchs mir ein Buckel, wie er stattlicher weder in Schalkemaren noch in allen anstoßenden Liegenschaften, Dorfschaften, Landschaften vorzuweisen war.

Was aber meinen Vater angeht, der doch gar nicht mein Vater war, so widmete er sich viele Wochen ruhig und still seinem Geschäfte, das darin bestand, in der Forst Kiefernstubben zu suchen, in denen das Harz gestockt war. Die rodete er dann, spaltete sie fein säuberlich auf zu dünnen Hölzlein, und hatte er hinreichend beisammen, tat er's in einen Tragekorb, bündelweis, und wanderte die Straßen und Gassen von Schalkemaren auf und ab, unermüdlich rufend: »Kien! Kien! Frischer Kien!« Da kauften die Bürgersfrauen von ihm, daß ihr Morgensuppenfeuer rasch in Hitze gerate. Hatte er dann aber ein artiges Geldlein im Hosensack, so erstand er sich kein Brot dafür, auch kein Schwein, keine Geiß, kein Wams, keine Stiefel, kein Haus, Hemd oder irdenen Hafen – freilich aber einen Mordsrausch.

Auf solcher Gurgellustfahrt hat er auch meine Mutter kennengelernt – wenn man's kennen heißen kann, da vor seinen Augen doch nur noch Flaschenbäuche und runde Gläserbrüstlein lachten. Als er aber aufwachte aus seinem Rausch, lag er im Stroh vom Schweinekoben im Blauen Hahnen, und neben ihm raschelt' es. »Bist du's, Sau?« fragte mein Vater, denn sein Verstandeslicht brannte noch nicht wieder sehr helle. »Nein, ich bin's, dein ehelich Weib!« klang's recht schrill zurück, und dann wurde er derbe an den Haaren gerissen. »Nein, ich träum!« schrie mein Vater – aber da half ihm alles Schreien und Greinen nichts, er war und blieb kopuliert und versprochen durch einen eilig in seinen Rausch geholten Bettelmönch. Denn der Wirt und die Wirtin vom Blauen Hahnen, und meine Mutter dazu, hatten viel Verstand in Trinkenssachen, und ein unbescholten Männlein, wie mein Vater war, kam ihnen gerade zupasse.

Nun, mein Vater ist wieder in seinen wilden, weiten Wald gegangen, in den ihm kein Weib nachfolgen konnte, und hat seinen Kien gehackt. Kam er aber in die Stadt, gleich war auch meine Mutter da, und nahm er einen Sechserling ein, wechselte sie ihm den gerne in zwei Dreier um, von denen sie freilich den einen behielt. Das mochte noch angehen, aber wie ward meinem Vater, als ihn eines Tages der Wirt vom Blauen Hahnen in eine Kammer führete, ihm ein klein Kindlein wies und also sprach: »Hier ist dein Sohn, lieber Kienmichel! Heute nacht ist er gekommen, und nun spare auch fein ordentlich und arbeite doppelt, daß die Blöße von Mutter und Kind warm bedecket sei.« Mein Vater war kein fixer Rechner, aber bis neun konnt er doch zählen. Er zählt' die eine Hand rauf und die andere runter ... »Ei!« sprach er erstaunt. »Tragen denn jetzt die Kirschbäume im Feber Früchte?« – »Oh, du wüster Waldschrat!« rief meine Mutter da aus ihrem Winkel. »Willst du jetzt dem Herrgott vorschreiben, wann er die Früchte reifen läßt?!« – »Wohl, wohl!« sprach mein Vater. »Aber an den ersten Kirschen haben die meisten Stare gepickt!« sagt' es und ging wieder in den Wald.

Doch es half ihm nichts: Als er das andere Mal ins Schalkemaren hineinkam, standen sie schon hinter der Mauer mit vollen Flaschen und Humpen für ihn bereit, das Tauffest seines Sohnes feierlich zu begehen – und einem gut vollen Glase hat mein Vater nie nein sagen können. Er griff zu und sprach: »Wohl bekomm's!« – »Wohl bekomm's auch dir, Vater Kienmichel!« riefen sie, und so zechten sie munter den ganzen Tag. Als es aber gegen den Abend ging, geriet mein Vater auf der Suche nach einer andern Gelegenheit durch Zufall in die Kammer, in die man mich weggestellt. Im Dämmer sah er mich kaum, aber er sah den Weidenkorb, in den sie mich gelegt, hielt sich stracks am Türrahmen fest und sprach also:

»Mein Sohn, der du nicht mein Sohn bist! Manche sagen, alles Übel dieser Welt komme vom Gelde – sorge dich darum nicht! Das Geld ist rund, und ohne Beschwer wird es dir wegrollen. Stockt es aber wirklich einmal in deinen Taschen, so schneide ein Loch in sie, und du wirst keinen Kummer von ihm haben. Andere wieder meinen, das Weib sei die Wurzel alles Übels. Diese sind schon näher an der Wahrheit, denn es ist einem Manne manchmal schwer, einem schelmischen Blick und wohlgerundeten Formen zu widerstehen. Doch hier liegt die Heilung des Übels beim Übel selbst: Gib ihm nur recht fleißig nach, und du wirst seiner rasch überdrüssig werden. Mein Sohn, der du nicht mein Sohn bist! Dein Vater, der nicht dein Erzeuger ist, sagt dir, der Übel größtes ist der Soff! So viele Flaschen du auch leerest, es winkt dir noch immer eine volle! So schnell du auch den Wein durch die Kehle gluckern läßt, der Durst schlägt noch viel schneller zurück in deinen Mund! Sei mäßig, mein Sohn, ich rate dir gut, und trinke lieber gar nichts als zuviel!«

Indem brach die ganze Kumpanei, welche die Abwesenheit meines Vaters gemerkt, mit Lichtern und Humpen in die Kammer. Da sahen sie mich schlafend in meinem Korbe liegen; weil aber die Mutter über dem Getöse der Zechenden mein Geschrei nach der Milchbrust nicht vernommen hatte, so hatte ich den Schwanz der Hauskatze, die eben auf meinem Kissen ihr Lager aufgeschlagen hatte, zum Nuckeln in den Mund gesteckt, und so war der Säugling als der einzig Ungetränkte unter so viel Trinkern schlafen gegangen.

ZWEITES KAPITEL
Wie Wizzels Vater die Mutter um einen Zuckerzopf austrieb
und wie sich kein Stand seiner annahm

Als ich ein Jahr alt war, kam mein Vater eines Abends nach seinem Kienverkauf zu uns auf die Kammer. Meine Mutter färbte sich eben für ihren abendlichen Männerfang in den Schenken schön die Wänglein mit Ziegelrot und wusch das weiße Hälselein, indes ich mich in meinem Dreck sühlte. Aus seiner Taschen zog mein Vater einen stattlichen Zopf, aus rotem Zucker geflochten, und sagte sehr liebreich zu mir: »Hier, mein Sohn!« Meine Mutter aber, die auch ein Leckermaul war, faßte rasch zu und hatte das längere Ende vom Zopf zwischen den Zähnen, ehe mein Vater noch husch! sagen konnte. Er sprach böse: »Laß das, Weib!«, denn er zürnte ihr aus vielen Gründen sehr, vor allem aber darum, weil sie mich so in Dreck und Unflat hausen ließ. Doch änderte sein Zorn gar nichts, der mehrste Zucker war schon verschluckt, und so bot er mir wenigstens das Ende vom Zopf. Meine Mutter aber, nicht faul, griff wiederum zu und schleckte alleine.

Da ergrimmte mein Vater in seinem schwersten Grimm, ergriff einen Reiserbesen und hub an, meine

Mutter unbarmherzig zu streichen und zu stäupen, daß sie schreiend aus der Kammer fuhr, bei den Nachbarn Hilfe und Unterschlupf zu suchen. Mein Vater aber lief so rasch hinterdrein, daß sie auf die Gasse hinaus mußte, und hier setzte er ihr mit so trefflichen Schlägen, Knüffen und Hieben zu, daß sie immer schneller vor ihm her lief, aus der Gasse in die Straße hinein. Der Vater aber war ein großer und starker Mann und konnte es wohl erzwingen; mit dem Reiserbesen blieb er auf ihren Fersen und schlug wieder und noch einmal, daß ihre Flucht und seine Verfolgung ständig an Schnelligkeit zunahmen. Da blieb manch würdige Bürgerin schreckgebannt stehen ob solch liederlichem Volk, für manchen behäbigen Bürger fiel ein Puff oder Hieb ab, daß er fast in die Straßenwand fuhr vor Angst. Die Gassenjungen aber liefen barfüßig hinterdrein, so schnell sie nur konnten, und was an räudigen, krätzigen, stinkenden, faulen Hunden in der Stadt lebte, fuhr dazwischen, bellend und jachternd.

Indem löste sich das Rockband meiner Mutter, ein Hund schnappte nach dem Ende und zog. Da fiel der Rock zur Erde, und ehe sie ihn noch wieder erraffen konnte, war mein Vater über ihr und servierte ihr eine solche Prügelsuppe, daß sie laut aufschreiend weiterlief. Und jetzt beflügelte nicht nur die Angst, sondern auch die Scham ihre Schritte, denn unter dem Rock war nur ein Hemde gewesen, und wenn der Rock auch prächtig gewesen war, das Hemde war löcherig. So liefen die beiden dahin, schreiend und stäupend, ein Ärgernis für jeden Ehrbaren in der Stadt Schalkemaren. Aber mein Vater war in seinem Zorn über das Weib blind für alles um sich.

Nun aber sah meine Mutter am Ende der Straße das Stadttor und die Scharwache, die sich grade bereitmachte, das Tor zu schließen, denn die Sonne ging unter. Sie verdoppelte ihre Anstrengungen, denn sie hoffte wohl, draußen Frieden und Zuflucht zu finden, und wischte grade zwischen den Torflügeln noch hinaus. Da aber war's erst recht vertan, denn mein Vater stieß so gewaltig in die von der Scharwache, daß sie durcheinanderfielen wie die

Kegel, wenn der Neunerwurf getan wird. Er warf das Tor wieder auf und sprang nun frei und ungehemmt hinter ihr drein und gab ihr Schlag auf Schlag, wobei er rief: »Den für die Buhlerei! Den für den Soff! Den für den geschleckten Zuckerzopf! Den für die betrügerische Trauung! Den für das eingebrachte Kind! Den für die gestohlenen Dreier! Den für dein lügenhaft Maul! Den für deinen Zankteufel! Den für den Dreck am Kinde! Und den für seinen Buckel!« Und er hätte diese Litanei wohl immer weitergebetet, bis meine Mutter für tot umgefallen wäre, denn der Zorn machte sein langsam Hirn witzig und seinen Arm nimmermüde, hätte meine Mutter nicht hinter einem Buschwerk ein Feuer erspäht, auf das sie frischweg zugesprungen.

An dem Feuer aber saßen vier oder fünf Marodebrüder, die sich als Atzung ein Rehkitz gefangen, das sie über der Glut schmurgelten. Wie erstaunten, erschraken und erzürnten sich die, als ein fast nacktärschig Weib in ihren Kreis gesprungen kam und gar noch den duftenden Braten ins Feuer stieß. Ehe sie sich aber noch recht besonnen, war auch mein Vater da, dem noch etwas eingefallen war. Denn er versetzte seinem Weib wiederum einen derben Schlag und schrie: »Den für den Grind auf meines Sohnes Schädel!« Da aber waren sie schon über ihn her, und wenn mein Vater auch ein bärenstarker Mann war, vier solch alte Fechtkumpane wurden doch sein Meister, und sie zahlten ihm im Zorn über den verbrannten Braten mit Heller und Pfennig, mit Zins und Zinseszins heim, was er meiner Mutter ausgezahlt. Dann drehten sie ihm die Taschen um, nahmen ihm das Kiengeld und, was ihm bitterer war, die Schnapsflaschen und schickten ihn mit einem gewaltigen Tritt wieder auf die Heimreise, die er, wund an allen Gliedern, ächzend und stöhnend antrat. Meine Mutter aber hatte nicht auf ihn warten wollen, sondern war längst im nächtigen Walde verschwunden.

Während all dies mit meinen Eltern geschah, lag ich arm Kindlein verlassen in der Kammer und brüllte, einesteils wegen des Zuckerzopfes, andernteils wegen des Unflats. Die Nachbaren aber hörten mich wohl schreien, aber keiner traute sich zu mir hinein. Es gibt nämlich in der Stadt Schalkemaren ein Gesetz: Wer zuerst zu einem verlassenen Kindlein hineingeht, der muß es auch aufziehen. Nun meinten die Muhmen und Basen, Kräuterweiblein, Stallknechte, Huren, Wäscherinnen und was alles in unserer Gasse wohnte in ihrem Witz, mein Vater habe seinem Weibe bei dem Auszug soeben gar nicht richtig den Rücken gestrichen, sondern es sei ein listig abgekartetes Spiel zwischen den beiden, auf gute Art von dem Buckel loszukommen und ihn den Nachbaren anzuheften. Also ließen sie mich schreien, tuschelten auf dem Gange und warteten, daß etwa die Spülmagd vom Blauen Hahnen käme, zu fragen, wo denn die Mutter bliebe, die Trinker warteten schon.

Ich schrie weiter, denn keine Spülmagd kam. Statt dessen kam der Herr Pfarr, den ein vorwitzig, rotznäsig Mägdlein von der Gasse hinaufgelockt mit der Lüge, die Kienmichelin sei auf der Treppe gefallen und liege im Sterben. Doch war der Herr Pfarr ein groß erfahrener Mann – als er mich hinter der Tür brällen hörte, schlug er feste mit der Faust dagegen, schreiend: »Kienmichelin, was machst du? Lebst du oder stirbst du?« Ich brüllte verdoppelt auf den Lärm, wohl, weil mir beim Namen der Mutter der rote Zuckerzopf in den Sinn kam, da sprach der Herr Pfarr: »Leute, das könnt ihr nicht machen mit mir!«, riß die lügnerische Botin derbe am Ohr und stieg wieder die Treppe hinab.

Abermals nach einer Weile kam ein Höker mit grünen Heringen die Treppe hinaufgestiegen und verhandelte seine Meertiere von Tür zu Tür. »Die Kienmichelin schläft noch«, sprachen die Nachbarn listig, »klopfe aber nur fest an und tritt ein. Du weißt, Heringe in Brotkrumen und Fett sind ihr Magenschmaus. Sie möchte es dir nicht verzeihen, gingest du ihr vorbei.« Eben wollte der Höker zu uns eintreten, da geriet eine Katze, wild auf Fische, über seinen Heringskorb und rannte mit zweien fort. Er lief der Räuberin nach und kam nicht wieder.

Dann verging eine lange Zeit, und ich brüllte schon schwächer in der Dunkelheit, denn die Kehle war mir wund, da kam der Perückenmacher. Bei dem hatte sich meine Mutter zwei künstliche, lange, blonde Drehlocken bestellt, die, wie sie meinte, sich ausnehmend schön zu ihrem schwarzen Haar machen und ihr neue Kundschaft zuführen müßten. Als der Meister von den Nachbarn erkundet, meine Mutter sei daheim, ging er doch nicht hinein, sondern rief von draußen, er sei mit den Locken da und die Kienmichelin möge ihm das Geld hinausreichen. Von mancher Erfahrung her war der Perückenmacher nämlich gewitzigt und wußte, daß meine Mutter eher bereit war, mit liebreichem Wesen als mit Geld zu bezahlen, und da er die Schwäche seines Fleisches kannte, blieb er draußen. Als nun drinnen nichts geschah und ihm kein Geld hinausgereicht wurde, ging er wieder, auf günstigere Gelegenheit hoffend, heim.

Schließlich, es war schon tiefe Nacht, kam der Magister Ruhsam von seinen lateinischen Büchern auf dem Stadthause heim, ihn hatten die Nachbarn als einen letzten Hoffnungsanker erwartet. Der aber war so versunken in seine Meditationen, daß er weder auf mein nur noch schwaches Gebräll noch auf die Stimmen der Nachbarn hörte, sondern, allen freundlich eine »Bonnox« wünschend, in seine Dachkammer hinaufstieg.

So haben mich nacheinander Geistlichkeit und Gelehrtenstand, ehrsames Handwerk und Kaufmannschaft verschmäht, und diese Geschichte, die mir später berichtet worden, ist mir immer ein Symbolum für mein ganzes Leben gewesen. Denn in all diesen Ständen bin ich nichts geworden, wohl aber hat sich das edle Rittertum meiner erbarmt und zu seinem geehrten Schalksnarren gemacht!

DRITTES KAPITEL
Wie ein frommer Klausner
über Wizzels Buckel seinen Bart verlor

Als ich zwei Jahre alt war, besuchte mich mein Vater bei der alten Schmorbarten, zu der er mich für ein geringes Geld in Obhut gegeben hatte, als er am Morgen nach der Austreibung meiner Mutter wund und lendenlahm in die Stadt zurückgekehrt war. Er hob mich aus meinem Lager von ungewaschener Schweißwolle – denn meines wachsenden Buckels halber mochte ich kein Bettstroh vertragen –, trug mich gegen das trübe Fenster, besah mich und sprach tadelnd: »Ach, Schmorbarten, ich glaube, mein Sohn wächst nie zu einem vollen, runden Monde aus, sondern nimmt ab, als stünde bald ewiger Neumond für ihn im Kalender!« – »Wendet ihn nur fleißig um, Meister Kienmichel«, antwortete die Schmorbarten, »so werdet Ihr sehen, daß sein Kürbis recht artig gedeiht. Seine Beine freilich werden immer spinnenmäßiger, und seine Fingerlein sehen aus wie nackte Mäuseschwänze. Freilich hat er dafür wieder einen Gesichtserker, schön groß und stattlich – deiner ist nicht viel kleiner, du schöner Meister Kienmichel!«

Mein Vater aber achtete ihren Spott für nichts, sondern hatte mich umgewendet, mein Gewandung auseinandergeschoben und meinen Leib betrachtet. »Wunder und Wunden aller Heiligen!« rief er da erschrocken, als er die Risse und Schürfungen an meiner Haut sah. »Schmorbarten, ich glaube gar, mein Sohn hat die Krätze!« – »Warum soll er denn die Krätze nicht haben, du dummer Kienmichel?« fragte die Schmorbarten recht kaltblütig. »Habe ich sie doch an die sechzig Jahre! Von meinem ersten Liebhaber habe ich sie überkommen, und getreue habe ich sie ihm zum Gedenken bewahrt, bis zur Stunde, und vielen davon abgegeben, so oft ich nur konnte. Und sie ist gar nicht so schlecht, die Krätze, mein lieber Kienmichel«, fuhr die alte Schmorbarten fort, »ist man erst an sie gewöhnt. Hat man doch einen Zeitvertreib, liegt man nachts im Bett und kann nicht schlafen. Hier kratzt man sich, dort kratzt man sich, und manchmal, bin ich recht schön warm, brauche ich drei Stunden, ehe ich nur einmal mit Kratzen herum bin, so klein und verhutzelt ich auch bin.«

Mein Vater aber war anderer Meinung denn die Schmorbarten, schweigend packte er meine wenigen Habseligkeiten in seinen Kienkorb, mich setzte er schließlich obenauf. Die Schmorbarten sah dem gewaltig schmälend zu, denn sie merkte wohl, mein Kostgeld sagte ihr Valet, und sie bat meinen Vater recht spöttisch, doch ja nichts zu vergessen, der Herr Prinz von Buckelanien habe sicher noch ein paar Lust- und Liebesläuse in seinem Bette vergessen! Da mein Vater gar nichts antwortete, lief ihr Maulwerk immer schneller, und wie eine wahre Otter tropfte sie in jedes Wort noch Gift hinein: daß ich nie würde sprechen und gehen lernen wie andere Kinder und daß meine Mutter wohl von einem Teufel umarmt worden sei, solchen Wechselbalg in die Welt zu setzen!

Mein Vater, der mich trotz meiner Mißgestalt damals schon lieben gelernt hatte, muß solches oft schon selber gedacht haben. Betrübt schritt er, ohne ein Gegenwort, mit mir auf der Hucke die Gasse entlang, überlegend, was mit mir wohl zu tun sei. Denn mich in den wilden Wald mitzunehmen, war wegen meines zarten Alters und wegen meiner Kränklichkeit nicht rätlich; für das geringe Kostgeld aber, das er aufbringen konnte, hätte mich kein ehrbares Mensch zu sich genommen, sondern höchstens wieder solche Saufgurgel und Giftnudel wie die Schmorbarten.

Über seinem Sinnen und Grübeln fiel meinem Vater plötzlich ein Klausner ein, von dessen ausnehmender Frömmigkeit und wunderbarer Heilkraft sich die Leute in Schalkemaren zu jener Zeit mancherlei Erstaunliches erzählten. Gleich wurde meinem Vater leichter zumute und rascher schritt er aus. Er bildete sich nämlich in seinem waldkrienenen Unverstande ein, der fromme Klausner brauche nur einen Segensspruch über mich zu sprechen und gleich werde mir der Buckel in die Schenkel rutschen, die's freilich grausam nötig hatten, denn sie waren nicht dicker als die Haselgerten, mit denen die Magister die Buben streichen. Auf der andern Seite machte es ihm aber schon jetzt gewaltigen Kummer, was dem frommen Manne als Gegengeschenk für meine Heilung zu verehren sei. Denn das wußte er von Mönchen, Pfarrern, Domherren, Prälaten, Nonnen, Laienbrüdern, Äbten und Äbtissinnen, und wie das geistliche Volk alles heißt, daß der einfache Mann den Himmelswagen um so eifriger schmieren muß, je größer seine Not ist. Er tröstete sich aber schließlich mit dem Gedanken, daß der Klausner, sei die Heilung erst einmal geglückt, auch drei oder seien es gar zehn Kiepen Kien in seiner kalten Felsenhöhle gar wohl würde gebrauchen können.

Das war ein gar fröhliches Wandern durch die Sonne und den sommerlich grünen Wald! Hin zu den felsigen Bergen, in denen der Klausner hauste, gingen wir Schritt um Schritt, und mein Vater hat mir nachmals berichtet, daß ich auf jenem Wege zum ersten Male recht narrenhaft auf der Kiepe getanzt und gelacht habe, während bis dahin nur ein jämmerliches Greinen mein einziger Lebenslaut gewesen sei. War es doch auch das erste Mal, daß ich recht hinauskam in Sonne und frische Luft, während ich bis dahin immer in finstern Kammern hatte liegen müssen und höchstens einmal, auf einem Arme hockend, durch die riechenden Gassenschluchten getragen worden war! Da kann sich wohl ein Kindlein freuen, und ist es ein Buckel, freut es sich zweifach! Denn keiner ist so begierig nach Lachen wie ein Ast, der immer nur verlacht wird.

Als die Mittagsstunde da war, stieß mein Vater grade recht auf einen Ziegenjungen. Dem gab er einen Messingknopf von seiner Joppe und durfte dafür an der besten Ziege lutschen, soviel er mochte. Die Milch küßte er mir in den Mund und dazu gab er mir Brot, das er schön vorgekäuet hatte – und ich soll so viel gegessen und getrunken haben, daß ich sofort danach in einen tiefen Schlaf verfiel und nicht eher wieder aufwachte, als bis mein Vater vor dem frommen Klausner stand.

Der war eher ein zierlicher Mann, in einer langen Kutten über den ganzen Leib weg, mit einem langen weißen Bart und seltsamlich jungen Augen rechts und links von einer fast zierlichen Nas. Meinem Vater war recht absonderlich und wunderlich vor dem frommen Manne, als er ihm sein Anliegen vortrug; er meinte aber, es komme von der großen Frömmigkeit, die ihn verwirrt mache. Zudem war der Klausner noch recht barsch und harsch mit ihm und befahl ihm strenge, den Knaben, dem der Teufelssame schon von weitem anzuriechen sei, eiligst aus seiner frommen Klause zu tragen. Denn es bedürfe vieles Weihwassers, sie wieder nach so schlimmem Besuch zu reinigen, und es sei ihm eben knapp, denn der Papst schicke erst kommende Woche wieder etwas aus seiner Stadt Rom zu ihm.

Damit glaubte er, den groben Waldklotz abgefertigt zu haben; mein Vater aber, der alle Hoffnung auf ihn gesetzt hatte, legte sich auf ein recht herzbewegliches Bitten, wie ich doch ein arm unschuldig Kindlein und mir der Buckel nur gewachsen sei, weil mich meine liederliche Schlumpen von Mutter habe fallen lassen. Und um den Klausner ja recht zu rühren, nestelte er meine Kleider los, damit die blutigen Schrunden und Wunden sein Herz bewegen möchten – statt klingenden Silbergeldes. Als der Klausner mich aber da so nackt und bloß in meiner Mißgestalt sah, fuhr er erst recht auf mich zu, wies mit dem Finger und schrie: Da sehe man es ja, das Teufelsmal, und ich werde verflucht sein, in alle Ewigkeit verflucht!

Ich lag ganz still und wohl ausgeschlafen unter dieser Bedrohung, denn ich verstand sie nicht, wohl aber hatte ich ein wachsam Auge auf den langen weißen Bart des Klausners, denn solchen Bart hatte ich noch nie gesehen. Mein Vater trug wohl auch einen Bart, aber der war rötlich und nur kurz, weil ihn mein Vater, konnte er ihn um den Finger wickeln, sich auf dem Hackeklotz mit dem Beil abhackte – und die Schmorbarten hatte nur ein paar fliegende Haare am Kinn getragen.

Als nun der Klausner auf mich zufuhr und recht zornig

das Teufelsmal zeigen wollte, kitzelte mich der lange weiße Bart am nackten Leibe, und ich faßte nach Kinderart lachend hinein. Der Klausner schrie auf und wollte sich frei machen. Aber das Schreien machte mir nur noch mehr Spaß, und ich zerrte derber. Da ging der halbe Bart aus dem Gesicht! Oho, da es so aussah, war mein Vater auch nicht faul, sondern half zerren, und hatte der Klausner erst dunkeltönig gebrummt, so schrie er jetzt helle wie ein Weib. Er war auch eines und kein anderes denn meine Mutter.

Ei, da ging ein feiner Tanz los, denn war mein Vater schon eines Zuckerzopfes halber grimmig gewesen, so kannte sein Zorn keine Grenzen, daß sie ihrem eigenen Kinde ein Teufelsmal hatte anreden wollen. Er hätte wohl auch, ganz wie vor einem Jahre, nicht nachgelassen mit Schlagen und Verfolgen, wäre ich nicht gewesen. So mußte er sich damit begnügen, ihr die lügnerische Kutte abzureißen und sie fortzujagen in die Welt hinaus, daß sie andere Leute anderswo narre. Was sie denn wohl auch getan hat, denn wir haben nie wieder etwas von ihr gehört und gesehen. Sie muß ein rechtes Schelmenweib gewesen sein, die Leute so listig mit einer Kutte zu betrügen, und was ich an Witz im Kopfe habe, danke ich ihr doch.

Ich danke ihr auch den angenehmsten Sommer, denn mein Vater trat ihre Verlassenschaft an und blieb statt ihrer in der Höhle wohnen. Was er da an Vorräten aus den milden Gaben Trostsuchender gefunden, muß nicht wenig gewesen sein, und immer noch flossen weitere Spenden von Leuten, die aus allen Gegenden kamen, Hilfe zu erbitten. Denen berichtete dann mein Vater, der Klausner sei ob seiner großen Frömmigkeit abgerufen worden zum Herrn Papst nach Rom, er werde aber nicht vergessen, ihm von ihrem Anliegen Bericht zu machen. Da gaben und gingen sie willig. Ich aber erstarkte bei der guten, reichlichen Kost im grünen Walde, meine Beinchen lernten mich zu tragen und meine Zunge einiges Lallen. Schließlich, im Herbst, als die Vorräte zur Neige gingen und auch die Besucher ganz ausblieben, setzte mich mein Vater wieder auf die

Kiepe und wanderte mit mir zurück in die Stadt Schalkemaren, noch manchen dicken Silbertaler im Sack von frommen Almosen. So hat meine Mutter doch einmal trefflich
für mich gesorgt – freilich ohne ihren Willen.

VIERTES KAPITEL
Wie der Kienmichel zum Totengräber wurde,
aber nichts begrub

Nun wollte mein Vater nicht länger der arme Kienholzmann sein, sondern dachte fleißig darüber nach, wie er
sein Geldlein nutzbringend anlegen könnte. Ein Handwerk konnte er nicht, mochte auch nicht immer in dunklen Werkstätten hocken, da doch bisher der ganze freie
Wald um seine Arbeit gestanden. Darum kam's ihm auch
nicht in den Sinn, Wirt zu werden, so sehr ihn die runden
Fäßchen und vollen Flaschen lockten. Zum Handels-
mann taugte er wiederum nicht, denn er rechnete langsamer, als eine Schnecke kriecht; ein Gelehrter noch zu
werden, dagegen sprachen mindestens fünf gute Gründe,
aber der stärkste Gegengrund war sein stumpfer Kopf.
Schließlich schlug ihm der Herr Pfarr vor, er möchte Totengräber werden, stellte ihm beweglich dar, was für eine
schöne, stille Arbeit das sei, wie sie immerzu Geld ein-
bringe, denn dem Totengräber standen für jedes Grab fünf
gute Groschen zu, und ward noch das Totengeläut gewünscht, gar sieben.

Mein Vater bat sich Bedenkzeit aus, nahm mich auf den
Arm, und wir gingen selbander auf den Friedhof. Da fing
mein Vater an, die Gräber zu zählen, und war er eine
Reihe entlang, vermehrte er sie mit fünf, was die Grabe-
kosten waren, und war ein Vornehmer darunter, tat er
sieben dazu, und er hatte noch nicht zehn Reihen durch-
gezählt, da schwirrte es ihm im Kopf von Zahlen, Gräbern,
Groschen, Totengeläuten, daß er mich hinter einen Grab-
stein legte und fliegenden Fußes zum Herrn Pfarrer lief:

24

»Ich mag's; Herr Pfarr! Ich mag's!« Der Herr Pfarr ließ sich drei Silbertaler Sporteln zahlen – und er machte es nur so billig, weil mein Vater hoch und heilig schwor, er hätte nicht mehr –, da war der Kienmichel Totengräber geworden!

Nun saßen wir in der Kammer und warteten auf Kundschaft, aber die Zeit wurde uns lang, denn es wollte keiner sterben. Läuteten aber einmal die Totenglocken, so war's nicht bei uns, sondern auf Sankt Marien oder auf dem Großen Peter, wofür andere Totengräber waren. Darüber wurde mein Vater fast trübsinnig, so sehr reuten ihn seine guten Taler, und hätte der Herr Pfarr ihm das Geld wiedergegeben, gleich wären wir etwas Besseres geworden. (Mein Vater wußte auch schon, was.) So wollte er aber wenigstens so lange dabeibleiben, bis er seine drei Taler wieder im Sack hätte. Die Nachbaren haben mir oft erzählt, wie er damals halb unsinnig in der Kammer hin- und hergelaufen ist und gestöhnt und gejammert hat: »Nur sechs Gräber, Wizzel!« (So nannte er mich.) »Will denn kein Gottgesegneter, Guter in dieser bösen Stadt mir zuliebe sterben?! Einmal muß er ja doch, und jetzt täte er ein gutes Werk an uns, Wizzel!« Ich aber soll ihn eifrig an den Schuhriemen gezerrt haben, die ich ihm über seinem Grübeln aufgeknotet, so daß der große Mann stets von neuem ins Stolpern geriet, was er doch in seinem Ingrimm fast gar nicht merkte. Und je mehr der Große sich grämte, um so toller habe der Kleine gelacht.

Schließlich hatten wir doch unsere erste Leiche – es war aber ein arm Mägdlein, das der Schande halber mit einem Kinde im Leib vom Stadtturm gesprungen war und sich das Genick zerschlagen hatte. Das mußte der Vater in aller Stille bei Nacht an der Friedhofsmauer einscharren, und von Grabelohn war keine Rede, weil's doch eine Mörderin war. Da es aber Winter geworden und der Boden steinhart gefroren war, mußte der Vater noch fast ein Klafter gutes Scheitholz verbrennen, um die Erde zu erwärmen – also legte er noch einen guten Groschen drauf. Das drückte ihm fast das Herz ab.

Aber er ermunterte sich wieder, denn er vernahm die Kunde, der reiche Ratsherr Sernau liege auf den Tod krank. Freilich war es noch nicht ausgemacht, ob er auch unsere Leich sein würde, denn die Grenze zwischen Sankt Marien und Sankt Lukas – was unser Heiliger war – lief mitten durch sein großes Haus am Markt. Da hub ein fleißiges Gerenne an, und wie die Totengräber liefen und lauschten, so schlurrten auch die Herren Pfarrer. Denn Sankt Marien wie Sankt Lukas hätten ums Leben gerne – oder sage ich besser: ums Sterben gerne? – die prächtige Leich gehabt. Es half der alten Bärbe, der Wirtschafterin vom Herrn Sernau, auch nichts, daß sie, statt auf die heuchlerischen Erkundigungen nach dem Befinden des Hohen Herrn Rat zu antworten, die Türe zuschlug und auf die Aasvögel des Todes schimpfte – sie hängten sich vor jeden Hauseingang und fragten jeden Bäckerjungen und aderlassenden Bader aus, bis sie's für gewiß erfuhren, der Kranke liege im gelbbrokatenen Zimmer. Da freute sich mein lieber Vater, denn nun war's gewiß, daß dieses Mal Sankt Lukas über die heilige Maria den Sieg davontragen würde, denn dieses Zimmer gehörte in unsere Pfarrei.

Eines Nachts aber wurde mein Vater eilig von dem Mesnerjungen geweckt, er möge doch nur machen und hinunterkommen auf die Gasse, der Herr Pfarr warte dorten seiner mit der Letzten Ölung. Mein Vater fuhr hastig in die Buxen und in der Eile ärschlings die dunkle, steile Treppe hinab, dem Herrn Pfarrer recht zu Füßen. Der berichtete aufgeregt, er habe vernommen, der Herr Rat Sernau tue die letzten Züge. Man habe aber nicht zu ihm geschickt, sondern zu dem von Sankt Marien. Das sei er nicht gesonnen, sich bieten zu lassen, der Herr Amtsbruder sitze schon so im Satten, während dem armen Lukas immer nur die Hungerleider und Spinnweiblein zufielen. So möge mein Vater denn still hinterdrein gehen, aber fein aufmerken, wann etwa ein gewichtiges Wort zu sprechen sei. Damit klingelte der Mesnerjung, und sie schritten eilig durch die Nacht zum Markt.

Da strahlte und glänzte das prächtige Haus im Schein

von hundert Kerzen, und es herrschte ein solcher Trubel und solches Hinundhergelaufe von trauernden Erben, auftragsgierigen Geschäftsleuten, siegelbewaffneten Notaren, weinbegehrenden Stadtwachen, daß der kleine Lukaszug fast unbemerkt seinen Einmarsch hielt. Bis vor die Tür des gelbbrokatenen Zimmers kamen sie, da aber trat ihnen die alte Bärbe recht hoch und streng entgegen und fragte, was sie wohl wollten, es habe keiner um sie geschickt. Der Herr Pfarrer aber zwang sie listig in die Knie, indem er ihr seinen Segen gab, und ehe sie nur wieder hochkam – denn sie war schon alt und mit gebrechlichen Knochen –, war der Pfarrer mit seinem Jungen ins andere Zimmer geschlüpft.

Mein Vater wäre auch gerne nachgelaufen, aber er war verwirrt. Denn er war noch nie in solchem Palaste, wie dieser war, gewesen, zudem ängstete ihn der ungewohnte Holzboden, der mit Bienenwachs geglättet war. Ihn kriegte die alte Bärbe zu fassen, schüttelte ihn derb und fragte ihn recht böse, was das denn für ein Schweinekerl sei, der in Hemd und Hose an ein Sterbebett komme, und die Hose sei zudem noch zerrissen! Mein Vater faßte verlegen hinter sich, und da merkte er freilich, daß der Rutsch auf der dunklen Treppe nicht nur seinem Backenfleisch weh getan hatte. Ungewiß trat er von einem Fuß auf den andern, denn wohl schämte er sich seiner Blöße, er wagte aber auch nicht, dem Herrn Pfarrer ungehorsam zu sein. Schließlich bat er die Bärbe recht beweglich, ihn doch in ein nahes Kämmerchen zu tun, wo er den Leuten aus den Augen wäre, seinem Herrn aber auf den Ruf bereitstünde.

Das tat die alte Bärbe und schob ihn in ein Käfterchen, wo schon einer stand, dann lief sie eilig, um nach dem Knecht den Herren wegzustecken. Als sich nun die beiden in dem Käfterchen besahen, erkannten sie einander recht gut, denn ein Totengräber schaute dem andern ins Angesicht: der von Sankt Marien dem von Sankt Lukas. »Oho! Oho!« sprach der von Marien mit rauher Stimme. »Geht jetzt der heilige Lukas auf Diebstahl aus? Komm her, du

Kienwurz, daß ich dich im Feuer meiner Schläge zu gar nichts verbrenne!« – »Das gelbbrokatene Zimmer gehört dem heiligen Lukas«, antwortete mein Vater recht trotzig. »Wenn dich aber dein Fell juckt, Gevatter, will ich's dir gerne kratzen.« Denn der andere war sehr dick. »Eben! Eben! Vom gelbbrokatnen Zimmer wollen wir gar nichts wissen, denn wir sind redliche Leute«, sprach der von Sankt Marien. »Der Herr Rat hat sich aber in das grüne Zimmer zum Sterben betten lassen.« – »Das lügst du!« schrie mein Vater im Zorn. »Willst mir wohl keine einzige Leich gönnen?!« – »Hab ich dir nicht dein schwanger Mädchen gegönnt?« höhnte der andere. »Nun gönne mir auch fein meinen Rat!«

Ei, das war meinem Vater zuviel! Der gute Groschen, den das Scheiterholz ihn gekostet, fiel ihm wieder ein. »Willst du mich für mein teuer Geld auch noch verspotten?« schrie er und gab dem andern einen derben Schlag an die Backe. »Ist es denn auch dein Geld?« fragte der andere und schlug zurück. »Die Leute sagen, du hast einen frommen Klausner umgebracht!« – »Jetzt bringe ich dich um!« schrie mein Vater im wildesten Grimm und drang auf den Dicken ein. Aber auch der war nicht zage, manch kräftiger Schlag ward gegeben und genommen, und das enge Käfterchen sorgte dafür, daß keiner danebenging. Wild schrieen sie sich an und polterten gegen die Holzwände, schließlich, als schon Leute hinzuliefen, stieß mein Vater den andern durch das Fenster hinaus, und der hätte eine bösen Fall getan, wäre er nicht mit dem Hosengürtel an einem Lindenast hängengeblieben. Da schwebte er in tiefster Schwärze zwischen Himmel und Erde und wagte doch nicht, sich zu rühren oder zu rufen, aus Angst, der Ast möge brechen. Meinen Vater aber führte die Stadtwache ab ins Verließ, erst dann erlösten sie den seltenen Lindenvogel.

Wieviel Kummer sich mein Vater aber auch im Turm machte, daß ihm nun doch die Leich entgehe und daß ein neuer Totengräber von Sankt Lukas an seiner Statt prächtig einstreiche, wo er Wochen elend gewartet – er machte sich den Kummer umsonst, denn keine Leiche entging ihm. Was der von Sankt Marien gesprochen, war lautere Wahrheit gewesen: Der Herr Rat Sernau hatte sich in der letzten klaren Minute in das Sterbezimmer seiner Frau selig tragen lassen, daß er mit ihr vereint auf dem Friedhof von Sankt Marien liege. So hatten der heilige Lukas und mein Vater dieses Mal das Nachsehen.

FÜNFTES KAPITEL
Wie der Kienmichel den Pfarrer einseifen wollte,
aber vom Doppelten Hansen eingeseift ward

Als sie meinen Vater am andern Tage, nach einer derben Tracht Prügel, aus dem Turm wieder losließen, war ihm das Geschäft leid, Totengräber beim heiligen Lukas zu sein. Er ging zum Herrn Pfarrer, um wenigstens einen Teil seines Geldes zurückzuerbitten, sie ließen ihn aber gar nicht ins Haus. So wendete er einen andern guten Groschen an das Geschäft, kaufte ein Wännchen Schmierseife und salbte über Nacht die Steinstufen vor der Pfarre recht artig, damit der Herr Pfarr, wenn er zur Frühmesse ginge, einen derben Fall tue und sich möglichst ein Bein breche. Es fiel aber nicht der Pfarr, sondern der Mesnerjunge, so den Pfarrer zu wecken kam. Er brach sich auch kein Bein, sondern schmierte sich nur den Hintern ein, probiert' es, weil er meinte, es sei Zwetschenmus, und meldete dem Herrn Pfarrer, es habe über Nacht Seife geschneit. Da ließ der Pfarrer die Stufen schön säuberlich von seiner Zugeherin abkratzen und hatte Seifenvorrat fast auf ein Jahr. So hat meinem Vater nie im Leben etwas gelingen wollen, alles, was er begann, schlug ihm fehl, bis ich in höherem Alter meine schwache, spinnenfingrige Hand über ihn hielt und ihn zum Weibel der Wetterplitzischen Leibwache machte, worüber an seinem Ort berichtet wird – da erst hatte er bessere Tage.

Jetzt aber ging's ihm weiter übel, auch der Pferdehandel

gelang ihm nicht nach Wunsch. Mein Vater hatte es sich nämlich in den Kopf gesetzt, er müsse sich nun von seinem letzten Geld Pferd und Wagen kaufen und ein Fuhrmann werden, das sei grade der rechte Beruf für ihn. Das war nun vielleicht kein so schlechter Einfall, denn er wäre immer an der frischen Luft gewesen, und Friede war auch eben im Lande, so daß ihm keiner zu der Ware Pferd und Wagen genommen hätte – alles gut, wenn nur der Pferdehandel nicht gewesen wäre!

Mit dem Pferdehandel aber ist es so, daß er ein nasses Geschäft ist. Die Roßtäuscher begießen den Kauf nicht nur hinterher, sondern viel mehr noch vorher, damit sie dem mutmaßlichen Käufer das Auge ein wenig schwimmend machen. Für jeden Fehler, den solche Mähre hat, wird doppelt und dreifach eingeschenkt, und bekommt sie der Käufer dann zu Gesichte, kann er schon schlechter auf den Beinen stehen als die sterbensmüde Kracke selber.

Mein Vater hatte sich wohlüberlegt, wie das Pferd beschaffen sein sollte, das seinen Karren zu ziehen hatte. Der Kopf sollte klein und muskulös sein, mit sichtbaren Adern und einer Maulspalte, immer feucht, aber nicht zu groß und nicht zu klein. Es sollte kein Ramskopf, kein Hechtkopf, kein Schafskopf sein, auch kein Altweiberkopf und kein Eselskopf. Der Hals mußte ein rechter schöner Schwanenhals sein, kein verkehrter Hals, kein Hirschhals, auch kein Speckhals. Den Rücken wünschte er sich mäßig lang, ein wenig biegsam und doch grade, denn mein Vater verdammte die Senk- und Karpfenrücken, auch die doppelten oder gespaltenen Rücken. Bei den Kreuzen oder Kruppen, von denen es viele Arten gibt, zog mein Vater die runde oder apfelförmige Kruppe allen andern bei weitem vor. Ich übergehe die Brust, die Rippen, die Weichen und den Bauch, alles Teile, über die mein Vater sehr feste und wohlbegründete Ansichten hatte, und erwähne nur noch den Pferdeschweif oder -schwanz, von dem mein Vater meinte, er solle nicht schlaff herabhängen oder gar schief getragen werden, sondern müsse hoch angesetzt sein und in schönem Bogen prunken. Die Schweifrübe habe aber dick und kräftig zu sein, und die Schweifhaare müßten dicht und lang sitzen. Kurz und gut, mein Vater suchte das Muster und Vorbild aller Pferde, wie es vielleicht nicht einmal im Garten Eden unter unseres Stammvaters Adam Augen geweidet.

Da gab es nun ein nicht abreißendes Herumgelaufe in der Stadt, und jeden Abend kam mein Vater ohne ein Pferd, doch mit einem kräftigen Zacken nach Haus. Er war aber achtsam und trank nicht die Hälfte von dem, was sie ihm einschenkten, sondern schüttete viel unter den Tisch oder in seine Lederhosen, aus denen der gute Schnaps langsam in seine hohen Fuhrmannstiefel versickerte, denn die hatte er sich schon anmessen lassen. Man kann also mit Fug sagen, mein Vater sei in diesen Wochen im Schnaps gewatet; es hat ihm aber gutgetan, denn all seine Leichdörner, deren er im Überfluß hatte, lösten sich sanft davon, und er bekam wieder glatte, schiere Füße wie ein Neugeborenes. Aber wieviel mein Vater auch lief, soff, ansah, das gewünschte Pferd wollte sich nicht blicken lassen, und es ging dem Fuhrmann Michel ganz wie dem Totengräber Michel: Hatte der eine keine Toten zu begraben gehabt, so bekam der andere kein Pferd einzuspannen.

Schließlich geriet mein Vater an einen Obersten der Roßtäuscher, den sie seines Leibesumfanges wegen den Doppelten Hansen nannten. Der versuchte es auf eine andere Art als seine Kumpane. Er führte meinem Vater eine fünfjährige Stute, ein recht artig Pferdlein, vor, das am losen Wischzaum des Bereiters zum Peitschenknallen des Doppelten Hansen ganz mutig die Straße auf und ab trabte. Als mein Vater, damit das Roß nicht zu teuer werde, zu mäkeln begann und anführte, es habe ja eine Habichtsbrust, stelle die Beine wie ein Tanzmeister, und es sei ihm wohl Pfeffer in den Hintern gesteckt, daß es den Schweif so hoch trage und so übermütig tänzele – da legte ihm der Doppelte Hans die Hand aufs Maul, führte ihn rasch ins Haus und in die Stube und flüsterte vorwurfsvoll: »Machst mir ja alle Käufer abspenstig mit deinem Tadel,

Michel! Ja, freilich, du hast einen Falkenblick und läßt dich nicht täuschen, bedenke aber doch, daß es Dumme gibt, denen solch Pferd völlig gut genug ist.«

Das ging meinem Vater sanft ein wie einem Mastkalb das rohe Ei (und sollte er ja auch wie dieses hingeschlachtet werden!), und er meinte, so ganz schlecht sei die Stute ja nicht, doch wohl habe er von einem rechtschaffenen Pferde einen andern Begriff. Der Michel habe recht, sagte der Doppelte Hans eifrig. Er habe auch noch solch Pferd, wie es sich für ihn schicke, aber das zeige er keinem Menschen, denn es sei eigentlich für den Herrn Ritter von Wetterplitz bestimmt, der nur noch an den dreißig Silbertalern, die es bringen müsse, spare. Ei, wie spitzte da mein Vater die Ohren! Dreißig Silbertaler habe er auch, und ohne Sparen, meinte er, und ansehen möchte er sich den Gaul gerne einmal. Jetzt gelüste es ihn erst einmal auf einen Schluck oder zwei, antwortete kaltmütig der Doppelte Hans. Dem Michel möge er freilich kein Getränk anbieten, denn der sei ihm zu schlau und denke wohl gar, er solle trunken gemacht werden.

Damit setzte sich der Doppelte Hans an den Tisch, fing an, fleißig einzuschenken, zu schmatzen und zu schlukken, daß meinem Vater das Wasser im Munde zusammenlief. Der Roßtäuscher aber tat, als merke er nicht dergleichen, trank fleißig weiter und meinte, das Pferd sei ja so gut wie verkauft. So gut wie sei nicht ganz, rief mein Vater immer gieriger, er habe auch gutes Geld, und wer zuerst komme, führe die Braut ins Haus! Und damit stürzte er die dreißig Silbertaler aus dem Hosensack auf den Tisch. Und das war wirklich all sein Hab und Gut, was der Pferdehändler schon zuvor erfahren. Er solle sein Geld wieder einstecken, sagte der Doppelte Hans ungerührt, ansehen koste bei ihm nichts. Wenn es meinem Vater aber wirklich Ernst sei, wolle er den Bereiter nach dem Roß schicken, denn so ein kostbar Pferd habe er nicht in der Stadt zu stehen, sonst liefen ihm die Leute wohl noch die Tür entzwei. Es sei ihm Ernst, versicherte mein Vater. Der Doppelte Hans trank gemächlich noch einen oder zwei, wischte sich das Maul und sagte, so wolle er es denn wagen. Es werde aber seine zwei oder drei Stunden dauern, bis das Roß zur Stelle sei. Meinem Vater machte das nichts aus, und so ging der Doppelte Hans zu seinem Bereiter.

Unterdes war mein Vater allein in der Stube, durch die ein recht angenehmes Rüchlein von Kirschengeist zog. Mein Vater schnüffelte: Nun, es konnte wohl auch Himbeergeist sein. Mein Vater ging an den Tisch und schüttelte die Flasche, sie gluckerte lieblich, aber Himbeer- wie Kirschgeist gluckern auf die gleiche Weise. Mein Vater sah, daß der Doppelte Hans in seinem Glase eine Neige gelassen hatte; er schluckte sie, dann leckte er fein säuberlich nach, aber er wußte immer noch nicht, welches von beiden es war. Nun war die Wißbegierde meines Vaters erst recht rege geworden, er sah ein paar Tröpfchen am Flaschenrande sitzen, und es gelüstete ihn, sie wegzuküssen. So tat er's, und ein schöner, feurig wärmender Strahl schoß ihm dabei in den Schlund. »Nicht so hastig!« rief mein Vater. »Dabei läßt sich ja nicht schmecken!« Und trank langsamer. »Habe ich doch recht gerochen!« rief er, als die Flasche leer war. »Es ist Kirschengeist!«

»Du verstehst auch alles, Michel!« rief der Doppelte Hans, der unvermerkt eingetreten war. »Und jetzt wollen wir einmal meinen Himbeergeist versuchen.« Damit war mein Vater ganz zufrieden, und so saßen die beiden einträchtig beieinander und tranken, und der Doppelte Hans erzählte, immer meinem Vater fleißig einschenkend, wie er die Leute mit den elendesten Schindmähren anschmiere. Bei seinem Freunde, dem Michel, aber möge er so etwas gar nicht versuchen, der sei ein Roßkenner über alle Roßkenner.

Als sie so nun an die drei Stunden gezecht, gelobhudelt und geprahlt hatten, trat der Bereiter in die Stube und sagte an, das Roß stehe nun unten auf dem Hof. Da hoben die beiden sich auf vom Tisch, aber nur schwer, und stiegen hinunter auf den Hof, doch mußten sie sich aneinander festhalten. Auf dem Hofe aber stand die elendeste

Kracke, die je die Sonne beschienen, ein Roß, behaftet mit allen Fehlern, als da sind: gehörnte Hüften, übermäßig langer Hals, Hängebauch, Faßbeine, Nasenfluß, mit Mauke und Spat geplagt, mit Steingallen, Kronentritt, Rattenschweif, Nabelbruch; ein Beißer und Schläger dazu, ein Windschapper und Schwanzfänger.

»Was für ein edeles Roß!« rief der Doppelte Hans bewundernd aus. »Das stünde einem König und Kaiser an!« Meinem Vater gefiel es in seiner Trunkenheit auch recht gut, doch wollte er noch an den Zähnen das Alter ablesen. Da fuhr die Mähre, die bis dahin recht trübsinnig mit gesenktem Kopf dagestanden, mit geblecktem Gebiß giftig auf meinen Vater los, kniff ihn derbe in den Arm und versetzte ihm dann einen solchen Schlag mit den Hufen, daß er zehn Ellen weit flog und jämmerlich ächzend im Sande liegenblieb. »Nein, mein Doppelter Hans!« rief er da kläglich. »Das ist kein Pferd für einen Fuhrmann, es würde mir ja die Gabel am Wagen zerbrechen.« Da fuhr der Doppelte Hans mit verstelltem Zorn auf seinen Bereiter los, er habe ja das falsche Pferd gebracht, und so etwas gäbe es nicht, seinen Freund, den Michel, zu betrügen. Sofort schaffe er das rechte Pferd her, sonst sei er Bereiter beim Doppelten Hansen gewesen! So ließ sich mein Vater um und dumm reden, bis er wieder Arm in Arm mit dem Roßtäuscher in dessen Stube wankte, wo sie von neuem mit Trinken anhuben.

Über eine Weile, da merkte mein Vater, daß der Doppelte Hans auf der Diele saß. »Ich glaube, Hans, du sitzest auf der Diele«, sprach er da. »Das macht, weil du einen Rausch hast, Michel«, antwortete der Doppelte Hans. »Ich habe keinen Rausch, Hans«, widersprach mein Vater, »aber du bist pudeldicke.« – »Nein, du hast deine Ladung«, sprach der andere. – »Und du kannst nicht mehr über deinen Bart spucken.« – »Ich will's versuchen«, sprach der Doppelte Hans. »Aber siehst du keine Schleifkannen am Himmel, Michel?« – »O weh!« schrie mein Vater. »Ich seh keinen Himmel, ich bin geliefert.« – »Das macht«, besänftigte ihn der Doppelte Hans, »weil du auf der Diele sitzest. Stündest du nur auf, Michel, du sähest den Himmel von der Nähe.« – »Ich will nicht aufstehen«, sprach mein Vater. »Ich bin sternblinddick.«

Indem tat sich die Türe auf, und der Bereiter trat wiederum ein. Er verzog keine Miene, als er die beiden da auf dem Boden sitzen sah, jeder eine Flasche wie ein Kindlein im Arme wiegend, sondern meldete nur ernsthaft, das rechte Roß stehe nun unten. »Also stehen wir auf, lieber Michel«, sprach der Doppelte Hans und versuchte es. »Ich will nicht aufstehen!« schrie mein Vater. »Mag er das Pferd hierher auf die Stube bringen.« – »Das mag angehen«, sprach der Doppelte Hans, der auch in der schwersten Trunkenheit seinen Witz nicht verlor, und flüsterte mit dem Bereiter.

Nach einer Weile hörten sie es auf der Treppe klappern und rappeln, als tanze dort der Teufel mit seinen Bockshufen. »Da kommt dein Roß, lieber Michel«, lallte der Doppelte Hans, »mach immer dein Geld schon lose!« Indem schrie es auf der Treppe: Iah! »Schrie da nicht ein Esel?« fragte mein Vater. »Was du auch hörst!« sagte der andere. »Dein Rößlein rief Ja, weil es sich freut, zu dir zu kommen.« Das schien meinem Vater recht verständig, und er war dem Roß schon wohlgesonnen, als es klappernd und schlagend die Stube betrat.

»Ist es nicht ein Prachttier?!« rief der Roßtäuscher. »Wohl, wohl«, sagte mein Vater, der vergebens versuchte, sich am Schwanze hochzuziehen. »Aber ist es nicht ein wenig klein, lieber Hans?« – »Klein?« schrie der Doppelte Hans. »Klein –?!!! Was du nicht siehst! Es ist das größte Tier, das je in meiner Stube stand!« – »Welche Farbe hat es wohl, lieber Hans?« fragte mein Vater vorsichtig, denn er war blau. »Farbe?« fragte der Doppelte Hans. »Warte, Michel, wir wollen es uns genau durch die Flasche besehen.« Das taten sie, und dazu schrie der Esel wiederum: Iah! »Er will auch was abhaben, Michel«, sagte der Doppelte Hans. »Das ist ein tüchtiges Roß!« lobte mein Vater. »Ich will ihm gleich einen aus der Buddel geben.« – »Nein, laß mich, lieber Michel«, bat der Hans. »Mich hat er gerufen«, antwortete mein Vater. »Er ist aber meiner«, widersprach der Doppelte Hans. »So kaufe ich ihn!« schrie mein Vater, und der Esel brällte wiederum: Iah! »Siehst du, von mir will er trinken.« Und er warf sein Geld eilig von sich, damit er dem Esel nur zu trinken geben könne.

So zechten die drei nun gemeinsam weiter, am längsten aber behielt der Esel seinen Verstand.

Als aber mein Vater am nächsten Morgen in einem Winkel an der Stadtmauer erwachte und statt eines tüchtigen, kräftigen Fuhrmannspferdes sah ihn ein uralter, abgetriebener Esel an – huh, wie jammerte er! »Nun muß ich wieder in den Wald und Kien hacken«, rief er weinend. »Ach, was gibt es doch für schlechte Menschen!« Denn das vom Doppelten Hansen auch nicht ein Heller zurückzubekommen sein werde, das wußte er gut. So verkaufte er den Esel um den Wert der Haut, gab mich für den Erlös der bauchigen Trude in Kost und zog zurück in den Wald zu seinem Kien.

SECHSTES KAPITEL
Wie es dem Wizzel bei der bauchigen Trude erging
und wie eine Pferdekrippe sein bestes Lager ward

Die bauchige Trude war ein hager, schwärzlich Frauenzimmer, knochig wie eine Bauernkuh nach dem Winter. Aber sie hieß nicht darum die bauchige Trude, weil sie ihr Wänstlein vor Magerkeit nach innen trug oder weil sie sich unter den Rock ein Branntweintönnlein schnallte, den Leuten heimlich auszuschenken. Auch nicht, weil ihr leerer Bauch allezeit vor Hunger grimmte und polterte. Schließlich nicht, weil der Bauch ihr Götze oder Golden Kalb war, dem sie alles opferte. Sondern nur darum, weil sie allezeit mit einer schönen, prallen Bauchkugel umherlief, in der ein Kindlein saß. Und sie machte es, trotzdem sie doch unbemannt und ohne sichtbaren Anhang war, mit solcher Geschwindigkeit, daß es Leute gab, die behaupteten, sie habe es in fünf Jahren auf zehn Kinder gebracht und in zehnen auf ein doppelt Dutzend.

Wenn sie aber zum Herrn Pfarrer oder zum Herrn Stadtprofosen bestellt wurde, und man hielt's ihr rauh oder liebreich vor, was sie doch für einen sündhaften Lebenswandel führe und wie sie die ganze Stadt Schalkemaren mit ihrer Hurenbrut anfülle, und sie solle es doch endlich sagen, wer's mit ihr so treibe, damit man dem Bengel ein tüchtig Stück Geld abzwacke oder ihn in den Schandturm werfe – so fing die arme Schelmin gar bitterlich an zu weinen und schwor hoch und teuer, sie sei noch, wie sie aus ihrer Mutter Leib hervorgegangen und eine reine Jungfrau, die noch keinen Mann umfangen.

Wenn sie dann aber in sie drangen und sie mit schwerer Strafe und Stäupung bedrohten, und jetzt werde man *sie* in den Turm tun und da werde man ja sehen, ob sie wieder ein Kind bekomme, da sprach sie ganz kühnlich: Ja, das werde man sehen. Denn der Kerkermeister brauche ihr nur Brotlaib und Krug Wasser hinzusetzen und sie dabei anzuschauen, so fühle sie schon, wie es in sie hineinfahre. Ob die Herren denn glaubten, sie tue es zu ihrem Pläsier, wo die Kammer ihr so voll von Kinderpack sitze, daß sie längst keinen Fleck mehr habe, sich zur Nacht auszustrekken –?! Und das Kinderkriegen sei auch kein Honigschlekken, der Herr Pfarrer habe es leicht, von sündhaft zu reden, solche Sünde möge ihm wohl nicht süß schmekken! Ja, ja, sie sollten sie nur in den Turm werfen, da habe sie doch einmal ihre Ruh! Aber dem Kerkermeister müßten sie strenge gebieten, nicht auf sie zu schauen, sonst habe sie wieder für seine Augenweide die Last zu tragen! (Sie war aber anzuschauen wie ein schwarzer Rauchfangbesen.) Und jetzt habe sie der Herr Pfarrer wiederum die ganze Zeit angeschaut – und noch mit so glühenden Augen! –; wenn's ihm aber geglückt sei, habe doch nicht sie die Schuld. Gebe sie ihn dann aber an als Vater, werde man sie womöglich noch auf dem Scheiterhaufen verbrennen!

Da mußten alle lachen, die um den Herrn Pfarrer standen, aber der Herr Pfarrer nicht. Denn es war ihnen allen wohlbekannt, daß der Pfarrer am liebsten und am längsten die jungen Frauen in seinem Sprengel besuchte. Vor kurzem aber war ein junger Ehemann derb mit dem Knüttel hinter ihm dreingefahren, daß der Herr Pfarr sich nur braun und blau hatte retten können. Als er aber beim Bischof vom jungen Ehemann deswegen hart verklagt wurde, hatte er Zeugnis gebracht, daß er zur selben Stunde in einem andern Haus an einem andern Stadtende geweilt habe. Es müsse der Teufel seine Gestalt angenommen haben, und fast hätte man die junge Frau als eine Beischläferin des Teufels verbrannt. – So listig verteidigte sich die bauchige Trude, der Herr Pfarrer aber gebot ihr mit bleicher Lippe zu gehen und bestellte sie nicht wieder zu sich.

Zu dieser bauchigen Trude gab mich mein Vater, und in dieses Kindergewusel hinein kam ich. Ich war damals drei Jahre, der Sommer im Walde hatte mich stark gemacht. Ich war nun schon in witzigerem Alter, konnte einiges sprechen, vieles sehen und mich ein weniges wehren. Oh, das hatte ich dort aber auch nötig! Es lief, kroch, lag da von Kindern in allen Altern, allen Haarfarben, beiderlei Geschlechtern durcheinander; es schrie, brüllte, lachte, sang, jauchzte, sprach durcheinander kindisch, kindlich und menschlich; es aß, trank, fraß, hatte Hunger, verdaute, machte in die Windeln, in die Ecke, in den Topf, aber die bauchige Trude ließ es gehen, wie es ging, so sehr war sie's gewöhnt. Was sie eigentlich den ganzen Tag – und die Nacht dazu – trieb, habe ich nie erfahren und kein anderer hat's, genug, sie war kaum je da. Etwa einmal alle Woche kamen ein paar Laienschwestern, taten, was Beine hatte, auf dem Hof in große Zuber und rieben ab. Schafften auch den Dreck aus der Kammer, damit der vom nächsten Tage wieder fein Platz hatte. Was aber die größeren von den Kindern waren, die hatten keine Zeit, solche Dinge zu verrichten, sie hatten Not genug ums Essen. Die war groß, denn sie mußten alles betteln und stehlen für so viele Mäuler – Geld gab's nie bei der bauchigen Trude.

So nahmen sie mir fürs erste gewaltig übel, daß ich dazukam als noch ein freßgierig Maul, das gestopft werden wollte, und dazu war ich auch noch ein buckliger Zwergenmensch mit einem Kopf wie eine ungeheure, welke Birne und mit Spinnenarmen und -beinen. Mit dieser meiner Mißgestalt habe ich mir aber zuerst Respekt verschafft, bei den Kleinen wenigstens, denn ich merkte bald, daß sie ihr Brot fallen ließen vor Angst, wenn ich die Finger im Maul feucht gemacht hatte, damit nach ihrem Bissen griff, dazu die Augen fleißig verdrehte und die Zunge bleckte! Sie hatten alle nur Zünglein, ich aber hatte schon eine Zunge wie ein Kalb, die ich bis zur Spitze meines langen Kinns hängen lassen konnte. Das habe ich zu jener Frühzeit damals schon, halb im Spiel, fleißig geübt und lernte es immer besser, und das hat mir jetzt, bald und später vielen Nutzen getan. Ein Zwerg – und ein Buckel dazu –, der sich seiner Mißgestalt schämt, wird von allen Menschen verlacht und von den besten eben bemitleidet; rühmt er sich aber seiner Ungestalt und schreckt die Leute mit ihr, wird es ihm an nichts fehlen!

Bei den Kleinen also, von denen manche freilich zwei und gar drei Jahre älter als ich waren, herrschte ich bald, und waren die Großen nur erst aus der Kammer, konnte ich tun, was mir behagte, essen, was mir schmeckte (freilich nur, was da war), schlafen auf den wärmsten und weichesten Lumpen und war überhaupt ein rechter König und Tyrann. Es ist nicht auszudenken, wieviel Bosheit schon in solchem kleinen Menschenwerke sitzt, sind die Umstände nur danach, die Bosheit zu hegen und zu pflegen. Merkte ich etwa, daß eines sich auflehnen wollte gegen mich, und war es das Stärkere, so daß ich's nicht allein bezwingen konnte, dann war ich recht liebreich mit ihm, schenkte ihm den schönsten Apfel, den ich einem andern wegnahm, und tat so, als wäre es allein was Rechtes und die andern alle gar nichts. Aber so ist der Mensch: Nicht mir wurden sie dann böse, sondern dem, dem ich's doch nur in die Hand steckte, und nicht lange, so fielen sie alle über es her, und es schrie vergeblich nach mir. Man lache aber nur nicht über die dummen Kinder – bei den Großen ist es nicht anders. Oft habe ich gesehen, wie mein edler Herr von Wetterplitz, wollte er einen stürzen, ihn recht sichtbarlich mit seiner Gunst verwöhnte, dann sorgten schon die andern, daß er nicht lange oben blieb!

Mit den Kleinen also ging es je länger, je besser – aber war nur ein Großes in der Kammer, oh, was zwickten sie mich da! Was schlugen sie mich auf meinen armen Buckel! Was rissen sie mir den Bissen noch aus dem Munde, den sie mir nie gönnten! Es war da vor allem ein dunkelhaarig, ansehnlich Mägdlein, das Vreni genannt. Mir schien sie damals sehr groß und sehr alt, aber sie ist zu jener Zeit nicht mehr gewesen als neun Jahre. Die war eine rechte Teufelin über alle Teufelinnen, und wurden es die andern doch einmal müde, mich zu plagen und zu schlagen – sie fand immer noch eine Stelle, in die sie gar zu gerne mit einer Nadel stach, und zog an einem Haar, das sie nicht eher leiden konnte, als bis es ausgerissen war. Da half mir kein Schreien, kein Augenverdrehen und Zungestrecken, sie lachte bloß und sagte: »Verstell dich nicht, Kröte! Bist doch auch nur ein Mensch, und wenn ich dich kneife, schmerzt es deine Haut wie jede andere!«

Da möchte ich manchmal mein Leben gar nicht mehr ertragen, ich lief aus der Kammer, selbst wenn es Nacht war, und kletterte leise die Treppe hinab, indem ich das Schluchzen meiner Brust, so gut ich konnte, unterdrückte. Denn ich mochte schon damals nicht, daß mich ein Großes, Gradgewachsenes weinen sah. Dann schlich ich in den Pferdestall. Im Pferdestall aber wohnte der blöde Hans, der für den Müller Korn und Mehl fuhr. Er war aber gar nicht blöde, sondern die Leute nannten ihn nur so, weil er manchmal schrie, umfiel und Schaum vor den Mund bekam. Der nahm mich immer liebreich auf, wenn ich gewackelt kam, tags wie nachts, sprach kein Wort, wickelte mich aber in eine dicke Pferdekotzen und legte mich in die Krippe, unter die Nasen seiner Rösser.

Da lag ich denn, in der Wärme und in der Stille, und der kleine Pferdestall, der doch nicht mehr war als eine Bude, kam mir im Dämmer wie ein Dom vor, und die riesigen Pferde standen mit ihren kugligen Augen wie Götter über mir – aber sie taten mir nichts. Sondern sie waren auch nur angekettet und klirrten ein wenig mit ihrer Kette und waren vielleicht froh, daß keine schwere Last an ihrem Brustgeschirr zerrte und daß keine scharfe Peitsche sie mit Striemen bedrohte. Sanft bliesen sie ihren Atem über mich. Oben lärmten die Kinder der bauchigen Trude und schrien. Der blöde Hans wickelte sich fester in seine Decke auf der Futterkiste und stöhnte ein weniges. Oder er fiel auch um, mit wildem Schrei, der langsam schwächer und röchelnd ward, und lag im Stroh zwischen den Pferden. Die unvernünftige Kreatur aber stand da und hob das Bein, eine lange Zeit, daß sie den Kranken nur nicht trat, wie sie auch mir in meiner Krippe nichts tat.

O Mensch! Ich bin ein buckliger Narr, und nach Narrenart werde ich dir in diesen meinen Aufzeichnungen mit Schelmenstreichen den Bauch wackeln machen oder mit Lügen die ganze Welt blau verdunsten, aber, so alt ich heute bin, meinst du, ich hätte die Stunden im Stall vergessen? Der blöde Hans fuhr am Tage wohl mit seiner langen Fuhrmannspeitsche auf das Getier ein, damit es über seine Kraft ziehe, aber bei Nacht rechneten sie es ihm nicht an und hoben fleißig das Bein, damit ihr Peiniger keinen Schaden leide. Wollte Got, unser Gott wäre anders, als die Pfaffen sagen, und rechneten uns unsere Missetat nicht an, die wir nur blöde sind wie der blöde Hans. Vieles habe ich in meinem Leben gesehen: Lachen und Weinen, Tod und Trauer, Wunden und Triumph, Mord und Freude – aber die Großmut habe ich auch gesehen, bei den Pferden! Später habe ich eine Frage daraus gemacht und sie lautet: Welcher Wind blies mich Kindlein? Kam nicht vom Himmel und stank doch nicht? Welche Schüssel war mein Bettlein? Welche Kette rasselt für keinen Gefangenen, sondern für einen Befreiten –? Hat aber keiner geraten, auch mein Herr von Wetterplitz nicht, obwohl er witzig genug war. Ich hab's ihm auch nicht verraten.

SIEBTES KAPITEL
Wie der Teufel aus dem blöden Hans
und in den Wizzel Kien fuhr

Derweilen griffen die Kinder der bauchigen Trude mich je länger, je stärker an. Und die Hauptanführerin war stets jenes schöne, dunkle Mädchen, das das Vreni hieß. Ihr liebstes war, mich wie eine Schildkröte auf den Buckel zu rollen und mich so künstlich einzubauen, daß ich nicht wieder zurück und empor konnte. Da lag ich dann hilflos viele Stunden, und sobald es sie gelüstete, traten sie zu mir und hänselten mich und zwackten mich und kitzelten mich mit Strohhalmen unter der Nase – und wenn ich vor hilfloser Wut fast verreckte, sie machten sich bloß naß vor Lachen.

Da ist es gewesen das erste Mal, daß ich Hilfe gesucht habe bei andern Menschen, weil ich dachte, ich müßte vergehen – es ist aber auch das einzige Mal geblieben! Es kamen die Laienschwestern aus dem Kloster, uns zu reinigen, da habe ich mich angehängt an sie und ihnen mein Leid geklagt: wie ich fast vergehe vor Quälerei und Schlägen und Hunger, und sie möchten's doch dem Vreni einblasen, daß es endlich ablasse von mir. Hab's nur gestammelt, wie ein klein Kind stammeln kann, muß aber doch zu verstehen gewesen sein, denn wenn eine Kreatur Angst ums Leben hat, versteht's ein jedes. Sagt die eine Schwester: »Ist das nicht der Wechselbalg vom Kienmichel, der den frommen Einsiedler umgebracht hat?« Spricht die andere, steckt mich in den Zuber und scheuert mich so derbe mit Sand und Strohwisch ab, als hätte ich keine Kinds-, sondern eine Pferdehaut: »Ja – und seine Mutter war ein liederliches Schenkenmensch!« Sagt wieder die erste und bohrt mir den Finger in die Nase: »Ist er überhaupt getauft? Er schaut aus wie ein Waldzwerg!« Ruft's Vreni: »Sein Vater nennt ihn Wizzel!« – »Wizzel ist kein Christenname!« ruft die Schwester. »Soll solcher über Christenkinder Klage führen dürfen?!« Möchte mich dabei ins Laugenwasser hineindrücken; ich aber, in meiner Todesangst, als ich merk, meine Anfrage geht den falschen Weg, brülle wie am Spieß und widerstehe mit Heldenkraft.

Indem kommt der blöde Hans, der Pferdekutscher, mit einem Wassereimer aus dem Stall, sieht, daß die Laienschwester mich ersäufen möchte wie ein blindes, neugeborenes Kätzlein, während das Vreni mir die Haare reißt, auf daß ich auch nicht ohne Grund schreie. Stellt den Eimer hin und will seinem Schlafensgast zu Hilfe. Da schreit ihn die Schwester an: »Was willst denn du hier, du grober Rotzlöffel?! Kennst du auch wohl das Paternoster?« Reißt der Hans die Kappe vom Kopf, will losleiern, sieht mich in Lebensbedrängnis, es reißt ihn hierhin, es reißt ihn dorthin, die Laienschwester spottet: »Nun, was käuest du denn so hoch, du Töffel? Kannst du den Bissen nicht erzwingen –?« Da tut der blöde Hans einen Schrei und fällt weiter schreiend mit Krämpfen hin.

Ihr lieben Leute, ich weiß nicht, wie's kam – ich war doch nur ein dreijährig Kindlein, und von listigem Vorbedacht kann keine Rede sein –: Wie aber der Hans schreit und mit Krämpfen fällt, schrei auch ich und streck mich in meinem Zuber in Krämpfen! Und so natürlich hab ich mich verstellt, daß die, welche mich eben erst ersäufen gewollt, nun mich angstvoll gerettet und mich liebevoll an ihre kuttene Brust gehalten hat. Das war ein Geschrei und Gejammer: »Der Teufel ist in ihn gefahren! Holt doch den Herrn Pfarrer, daß er ihn austreibe!« Und so achtlos sie den armen Hans im Drecke liegen ließen, so liebevoll betteten sie mich, und grade in der Vreni Bett, was freilich auch das säuberste war, weil das Mädchen auf Sauberkeit um sich sah. Als aber das Vreni in seinem kindischen Unverstand aufbegehren wollte, daß der bucklige Zwerg nun gar wie ein rechter Kuckucksvogel in ihr Nestlein kroch, da mußte es gleich merken, daß nun der Wind aus einem andern Winkel wehte! Ein paar derbe Maulschellen bekam's und vor die Tür wurde es gesetzt und konnte so nicht dabei sein, wie der Herr Pfarr eilig kam und mich mit dem Weihwedel und -wasser wieder aus den Krämpfen

befreite. Ja, so ein feister Schoßrockträger und solch glän-
zend Vollmondgesicht waren mir damals noch etwas
Neues – es brauchte schon den Teufel, solchen Herren in
unsere elende Kammer zu bringen, um des lieben Gottes
willen kamen sie nicht!

Da ich mich aber so vernünftig wie kaum ein Großes
anließ und meine Krämpfe und damit den bösen Teufel
aufgab, kaum daß der geistliche Herr an mein Lager trat,
so war ich aus einem häßlichen Buckel und Wechselbalg
zu einem guten, kranken, elenden Kinde geworden. Den
Nachbarn wurde aufgetragen, fein auf mich zu achten,
daß mir nur kein Leides geschehe, und am nächsten
Sonntag sollte ich zum höheren Ruhme des Teufelsaus-
treibers getauft werden!

ACHTES KAPITEL
Wie die Frage aufkam, ob Wizzel Kien
oder der Teufel getauft sei

Ein Narr macht viele – und als ich am Sonntag getauft
werden sollte, war die Kirche voller Leute, die den buckli-
gen Zwerg sehen wollten, aus dem der Pfarr den Teufel
ausgetrieben hatte. Stattlich wurde ich von der Schwester
Emerentia einhergetragen auf einem weißen Kissen, und
alle Kinder der bauchigen Trude folgten mir nach, soweit
sie nur trappeln konnten, sauber gekleidet wie noch nie.
Dröhnend läuteten die erzenen Glocken von Sankt Marien über meinem Haupt, ich aber, der gewaltigen Lärm
nie habe ertragen mögen, verzog mein Gesicht in viele
Falten und schickte mich an zu brüllen. »Wirst doch nicht,
mein lieb klein Kindlein«, rief erschrocken die Schwester.
»Bist auch mein süß Zuckerpupp, bist du!«

Unterdes waren wir in die Kirche getreten, und das
liebliche Brausen und Flöten der Orgel, die vielen leuch-
tenden Farben der Fenster machten mich wieder stumm.
Langsam wurde den Kirchengang hinauf gewandelt, gar

oft blieb, bis sie zum Taufstein kam, die fromme Emerentia mit mir an den Seitenaltären stehen, knickste und bekreuzigte sich und mich. Da drängten die Leute fleißig herzu, das gerettete Teufelskind zu sehen, erschraken wohl auch, vornehmlich die Frauen, ob meinem wächsernen Gesicht mit der großen, höckrigen Nase, nestelten dann aber fleißig an Beuteln und Börsen, mir ein Taufgeldlein in die Hand zu stecken.

So klein ich war, das wußte ich doch schon, daß diese blanken Silberpfennige kostbares Gut seien, griff hurtig zu und raffte in die Händchen, was sie nur halten wollten. Brauchte mich auch nicht zu sorgen, daß etwas vorbeifiele und verkäme, so eifrig half mir die gute Schwester Emerentia, wechselte mich hurtig vom rechten in den linken Arm und wieder in den rechten und griff immer nach der Seite, wo die stattlichsten Leute das stattlichste Geld versprachen. Und wo sie nicht hinlangen konnte, da griff das Vreni zu, und es wurde ein so fleißiges Fassen, Grapschen, unterdrücktes Streiten, Klingeln, Klappern, Silberläuten, als seien wir nicht eine fromme Taufgemeinde, sondern eine Wechselstube in der Judengasse. Mag der Herr Pfarr auf seinem Altarumgang auch recht neidisch geworden sein, denn er sah viele Male scharf her, räusperte sich und brummte, half ihm aber nichts, denn wir drei waren viel zu froh im ungewohnten Geschäfte.

Als wir nun aber schließlich doch beim Taufsteine angelangt waren, taufte mich der Herr Pfarr, und um wohl den Teufel recht auszutreiben, wandte er das Taufwasser reichlich an. Ich aber war nur einmal in der Wochen Wasser gewohnt, wenn man mich nämlich in den Zuber steckte. So schien's mir für dieses Mal zuviel, und ich brüllte los. Da schien es dem Herrn Pfarrer ratsam, meinen Leib nur noch eifriger von den teuflischen Sitten reinzuwaschen, und er sprengte emsiger. Je fleißiger er aber wusch, salbte und sprengte, um so fleißiger brüllte auch ich. Als er nun gar nicht abließ von mir, fiel mir mein neues, gutes Mittel ein, und ich stieß den Schrei vom blöden Hansen aus und noch mehrere dazu und verfiel in so hitzige Krämpfe, daß ich der Schwester Emerentia vom Arm sprang und völlig ins Taufbecken hinein. Mein Geld aber klingelte aus meinen Händchen wie ein Silberregen auf die Fliesen.

Da war freilich die heilige Handlung arg unterbrochen, denn was das Vreneli war und der Pfarr und die Schwester, die bückten sich zwar eifrig nach dem Gelde, mich aber hätten sie wohl unbedacht in meinem steinernen Bade ersaufen lassen, hätte nicht ein Handwerksmeister nach mir gelangt und mich aufgefischt. Da besannen sich Pfarr und Schwester, daß ihnen eine ganze Gemeinde beim Geldsammeln zusah, und fuhren wieder hoch, die heilige Taufe zu vollenden. Um so eifriger aber suchte das Vreni weiter, ließ sich auch durch keinen heimlichen Tritt und durch kein verstohlenes Wort stören.

Da wurde ich dann eilig zu Ende getauft und so in die Gemeinschaft der Christenheit aufgenommen. Ich wehrte mich auch nicht weiter, brüllte auch nicht mehr, sondern lag steif und still in meinem Kissen, als läge ich noch in den Krämpfen. Darum hat sich danach ein gewaltiger Streit zwischen der Geistlichkeit von Schalkemaren und nachmals von mancher andern Stadt erhoben, ob ich überhaupt getauft sei. Der Herr Pfarr von Sankt Lukas hat behauptet, ich sei's nicht. Denn einmal sei ich durch völliges Untertauchen getauft, was die katholische Kirche verwerfe. Zum andern aber sei ich zur Zeit meiner Taufe vom Teufel besessen gewesen, was die Schreie, Krämpfe und Starre bezeugten, ein vom Teufel Besessener könne aber nicht getauft werden. Der von Sankt Marien hat dagegen eingewendet, da Gott allmächtig sei, könne er auch den Teufel selber taufen, wenn es seiner Allmacht nur gefalle. Hat auch ein Büchlein darüber verfaßt: »Kann der Teufel getaufter Christ werden?«, in dem er viele Gründe dafür anführt. Unter anderm hat er angegeben, der Teufel habe die Taufe selbst anerkannt, denn er habe mich unvernünftig Kindlein bewogen, dem Herrn Pfarrer das Taufgeld vor die Füße zu legen. Hat wieder der Pfarrer vom Großen Peter sich eingemengt und geschrieben, ich könne ja im Augenblick meiner Taufe gar nicht vom Teu-

fel besessen gewesen sein, denn der Teufel habe keinen
Zutritt zur Kirche, könne also auch nicht in der Kirche in
einen Täufling fahren.

So ging der Streit, zur Freude aller in Schalkemaren,
fleißig weiter, wie er aber ausgegangen, weiß keiner, und
so weiß auch ich bis zur Stunde nicht, ob ich getaufter
Christ oder ungetaufter Heide bin. Das aber weiß ich noch
wohl, daß mir gleich nach der Taufe die heilen, sauberen
Kleider ausgezogen wurden und daß ich, wieder in mein
altes Dreck- und Lumpenzeug gesteckt, plötzlich wieder
nichts mehr war als jedes andere Gassenkind. Denn es ist
nun einmal so auf dieser närrischen Welt, daß ein zu
bekehrender Heide mehr gilt als tausend Christen in Not.
Sehr gebost hat es aber doch die Schwester Emerentia,
daß das Vreni mit all seinem erhaschten Gelde nicht
aufzufinden war. Das aber war ihr zu schlau und hat sich
zeitig im Kirchengedränge abseits verloren. Doch konnte
sich die Emerentia getrösten: Sie hatte auch ohne dies
genug gefaßt. Ich aber war der größte Narr der großen
Narrengemeinde: hatte die meiste Beschwer erfahren und
gar nichts eingenommen!

NEUNTES KAPITEL
Wie das Vreni des Wizzel Herrin ward
und was es ihn lehrte

Es erwies sich aber in der Folge, daß ich doch nicht ohne
allen Nutzen für mich aus dem unziemlichen Taufge-
schäfte gekommen war, in dem ich übrigens den freilich
nie von mir genutzten Christennamen Sebaldus erhalten
hatte. Als die Schwester fort und das Vreni wieder in die
Kammer geschlichen war, durfte ich zwar nicht ihr weich
Lager behalten, doch bettete sie mich gleich neben sich –
und das nicht schlecht! Dazu steckte sie mir eine lange
Lakritzenstange in den Mund, tat das andere Ende in den
ihren, und so erwärmten wir die Stange, zogen sie künst-

lich lang, lutschten einander wieder näher, zogen den Rest von neuem aus und hatten so eine ganze Weile unsern Zeitvertreib, indes der süße Saft in unsere Münder und Kehlen rann.

Mich wollte es freilich fast unglaublich bedünken, daß aus der bösen Feindin solch zuckerspendende Freundin geworden, sah auch das Vreni, lutschte sie sich zu sehr in meine Nähe, gar angstvoll an und tat schnell einen Ruck an der Stange, mich wieder ein wenig weiter von ihr fortzubringen. Sie aber tat, als merke sie solches nicht, und beschaute mich immer weiter recht freundlich mit ihren großen, dunkel-bräunlichen Augensternen. Da schien es ausgemacht, daß es nun kein Zwicken und Zwakken mehr geben solle, kein Haarausreißen, Kneifen, Puffen, Stoßen, auch kein künstliches Packen auf den Rücken mehr, daß ich wie ein umgestürzter Mistkäfer mit den Gliedern um mich angelte, sondern nur eitel Freundlichkeit und Freundschaft. Recht unheimlich schien's mir, und am liebsten wäre ich, trotz Lakritzensaft und süßem Äugeln, in den Stall zu meinen Pferden entwichen.

Doch das hätte sie nicht gelitten. Denn wie sie den, so sie haßte, ohne Unterlaß prickelte und trieb, so mußte der, dem sie wohlgesinnt war, stets um sie sein, ihrer Liebe dienstbar und beflissen. Alles, was das Vreni tat, Haß oder Liebe, tat es mit ganzer Kraft; nichts war halb bei ihm, nichts ließ es hinschleifen und verwuseln. Stets mußte dabei alles in Beziehung zu seiner eigenen Person sein, und was nicht so war, das gab's auf der Welt nicht für das Vreni. Es war ja bei weitem nicht das älteste von den Kindern der bauchigen Trude, aber es war bei weitem das wichtigste, und ohne viel Hin-und-Her-Geschrei taten die älteren, was es wollte. Es war, als habe es schon von klein auf ein bestimmtes Ziel vor sich gehabt, einen festen, strahlenden Stern, dem es unablässig zuschritt.

So wie sie an diesem Abend von dem errafften Gelde nichts weiter ausgegeben als den einen Dreier für die Lakritzenstange, den aber auch nicht um der Süßigkeit willen, sondern darum, mir Mund, Herz und Willen sanft zu verschmieren, daß ich ihr willfährig sei – das andere Geld aber geheim auf die Seite gebracht, für einen Endzweck, von dem sie damals noch gar nichts Genaues wissen konnte –, so hat sie's immer weitergetrieben, unverrückbar und unbeirrt. Von all ihren Geschwistern, so viele ihrer waren, und es gab stärkere, klügere, besser aussehende denn sie, ist nichts anderes zu vermelden, als daß sie gelebt haben und gestorben sind und damit sela. Von dem Vreneli aber wird noch manches Außerordentliche auf diesen Blättern zu berichten sein, wie sie aufgestiegen ist, höher und immer höher, wie sie, das Kind einer Gassenhure, gar das Schicksal von Schalkemaren in der Hand gehabt und die ganze große Stadt mit Mann, Weib und Kind hätte verderben können.

O Mutter, der ein Kindlein aus dem Leibe springt, ist es nicht seltsam für dich zu bedenken, was alles aus ihm werden mag?! Es ist so klein, sein Händlein kann noch nichts halten, fast vermag das Lid noch nicht, über dem Auge festzustehen, dessen Blick noch nichts erkennt, und doch wird dies schwach Händlein eine mutige Schwerthand sein oder eine feige Diebshand; die Hand eines Mörders ist's vielleicht, die den zerstört, der eine Welt aufgebaut hätte, oder auch die Hand eines Sämannes – es ist alles schon drin in diesem Händlein, das nichts halten kann. Was mag dieses Auge, das noch nichts erkennt, alles in sich trinken?! Nur den engen Kreis, in dem du dein Leben verbrachtest, oder die Weite der Welt, Glanz vieler Fürstenhäuser –? Wird der Blick beim Anschauen des Goldes flackern oder wird er bleiben, wie er war –? Alles ist schon darin, Mutter, da dies Kindlein aus deinem Leibe springt, und als das Vreneli mich über der Lakritzenstange freundlich anschaute und meinen Argwohn doch nicht beschwichtigte, war's schon ausgemacht, daß es manches Jahr später mich wiederum und noch freundlicher anschauen und in einer großen Sache doch nicht mein Herr werden sollte.

Am nächsten Morgen dann zeigte es sich, was die Freundlichkeit des Vreni und die Lakritzensüßigkeit zu bedeuten hatten. Das Vreni zog mich an, was sie noch nie getan, zwar nicht besser als sonst, denn Besseres gab es nicht, aber sie wischte mir das Gesicht mit einem nassen Lappen ab und rieb so den Schmutz säuberlich zu einem dunklen Rand, aus dem mein Antlitz weiß-gelblich herausstach. Dann nahm sie mich bei der Hand und stieg mit mir hinab auf die Gassen. Aber sie blieb nicht in der engen Schlucht, die unsere Heimat war; weiter und weiter zog sie mit mir, und staunend sah ich auf die weiten Straßen voll geschäftiger, sauber gekleideter Bürger, zu denen die spitzen Giebel der Kaufmannshäuser mit ihren Ladeluken wie von Turmeshöhe hinabgrüßten.

In den großen Torweg eines solchen Hauses lenkte sie ihre Schritte – ich aber wackelte an ihrer Hand, eifrig und gespannt, was sich da begeben würde. Hier holte sie, als sei sie zu Haus, einen Holzklotz hinter dem Torflügel hervor, wälzte ihn recht vorne in die Einfahrt und setzte mich dann darauf, mir die Kappe auf die Knie legend. Dann lehrte sie mich mit wenigen Worten, aber mit strenger Miene, wie ich jämmerlich auszusehen, auch ein weniges zu wimmern habe, um ja die Aufmerksamkeit der Vorübergehenden auf mich zu lenken, und ich verstand rasch genug. Muß es doch unsereinem im Blute stecken: das Betteln, das Jämmerlichtun, das Gottserbarm. Als sie sich dann vergewissert, daß ich alles wohl verstanden, verließ sie mich nicht gänzlich, daß mir der Mut nicht entsinke, sondern versteckte sich hinter eben dem Torflügel, der vorher den Holzklotz verborgen hatte.

So war ich denn ein öffentlich Bettelkind geworden, und ich muß gestehen, ich gefiel mir fürs erste nicht schlecht dabei! Es war just die gute Sommerszeit, am Himmel stand die liebe Sonne, warf auch ihren Schein in den vorderen Einlaß der Torfahrt und wärmte mir mein blasses Gesichtlein und die blutlosen Hände vortrefflich. Auf der Straße rumpelten und pumpelten dann und wann schwere Lastwagen vorüber, hoch beladen mit Kaufmannsgütern aus fernen Landen, und ich konnte mir gut diese Tonnen ganz voller Zucker vorstellen, die Kisten mit

Lakritzen gefüllt, die Eimer duftend von süßem Honig und in den Säcken die schönsten Mohnbrote, die ich nur gesehen und nie bekommen.

Dazu gingen viel stattliche Krieger vorüber, mit den breiten Schwertern in den Wehrgehängen klirrend und jedem Frauenzimmer ein freies oder gar freches Wort zurufend, so daß es eiliger, mit gesenktem, errötendem Kopf, an den Hauswänden entlanghuschte. Behäbige Bürgersleute wandelten ernst und geschäftig aneinander vorüber, blieben auch einmal beieinander stehen und sprachen würdig ein Wort. Hinter ihrem Magister trabte eine Schar Lateinschüler in schwarzen Wämsern zur Kirche, und so fest der Lehrer an der Spitze auch den drohenden Stock hielt, so heimlich ungebärdig waren doch die ungezogenen Knaben am Ende, einen Stein nach einem Karrengaul werfend, daß der Erschrockene mit allen vieren in die Luft sprang und dann fortrasselte, zum Leidwesen des Fuhrmannes – oder gar ein Mädchen unversehens ins Gesäß kneifend, daß es laut aufkreischte. Nun kam ein stattlicher Reiter in bunten ritterlichen Farben die Straße hinabgejagt, hinter ihm schwankte im Luftzug die große, lederne Botentasche, und nun fuhr scheppernd und mit seinen vier unordentlichen Rädern knallend ein Hundegespann über die derben Steinköpfe. Johlend schwang der Alte im Wäglein die Geißel, die großen Köter aber zogen fast über Gebühr, daß ihre Bäuche auf dem Boden lagen, und ihre langen, roten Zungen geiferten ihnen aus dem Maule.

Über all dem Schauen hatte ich meinen Auftrag, recht jämmerlich zu tun und zu greinen, völlig vergessen, hatte auch nicht einmal gemerkt, daß mir ein Pfennig von einem mildtätigen Herzen in die Kappe gesprungen war. Sonne und prächtige Gewänder, ordentliche Leut und wohlgenährte Tiere hatten mein kleines Herz so fröhlich gemacht, daß ich lustig lachend auf meinem Holzklotz tanzte wie ein kleiner Narr. Und als nun gar zwei wohlgekleidete Männer, ein älterer und ein junger, betrachtend bei mir stehenblieben und der jüngere mit verächtlich geschürzter Lippe sprach: »Seht doch, welch vergnügtes Scheusal!« und der ältere darauf ernst antwortete: »So werden dermaleinst die höllischen Teufel über die verdammten Seelen lachen!« – da nahm ich's gar noch für ein Lob und lachte nur noch toller. Doch aus dem Lachen wurde rasch bitterstes Weinen, denn aus seinem Torflügelwinkel kam voll Zorn das Vrenerl geschossen, riß mich derb an den Haaren, daß ich vom Holzklotze fiel, und rief mit verstelltem Weinen: »Oh, hohe Herren, zürnet ihm nicht! Er ist nur ein Narr, und wenn andere weinen, so lacht er. Eben jetzt grimmt ihm vor unsäglichem Hunger der Bauch, denn wir haben seit zwei Tagen nichts gegessen. So habe ich ihn hier in den Torwinkel gesetzt, in der Hoffnung auf eine kleine Gabe, aber sich und mir zum Tort lacht er und verscheucht damit die Spender!«

So rief das listige Vrenerl und riß mich immer weiter an den Haaren, daß ich ganz unverstellt brüllte. Der ältere Mann aber sprach: »Nun, wenn er auch im Hunger lacht, Dirne, ein völliger Narr ist er doch nicht, denn im Schmerz brüllet er wie jeder andere.« Und der jüngere sagte: »Ist dies nicht der bucklige Zwerg, den sie gestern in Sankt Marien getauft? Ist euch so rasch nach dem Taufschmaus der Hunger wieder in die Gedärme gefahren, so seid ihr wohl mit keiner milden Gabe zu sättigen.«

So sprachen sie und gingen, ohne etwas gespendet zu haben, von dannen, ich aber wurde noch arge von meiner Herrin gepeinigt und bedroht, ehe sie mich zu neuem Versuch wieder auf den Holzklotz setzte. Da sie aber über ihre Jahre listig war, band sie mir eine Haarsträhne am Hinterkopf in eine Fadenschlinge, trat dann wieder in ihr Versteck, das Ende des Fadens in den Händen haltend, und riß mich, gingen ansehnliche Leut an der Torfahrt vorbei, aus der Ferne am Haare, daß ich ganz unverstellt ächzte und jammerte. Da flossen die Gaben reichlicher, wenn auch nicht reich, und ich lernte zeitig die schwere, im Leben der Menschen aber so notwendige Kunst, desto ärger zu jammern, je besser es mir ging.

Da ich aber nur ein Kind war, ward ich des Bettelns, war es eine Weile in meiner Kappe ruhig, recht unlustig, dachte an andere Dinge und besah aufmerksam, was auf der Straße vorging – und hätte doch nun erst recht jammern müssen, da ich nichts mehr einnahm. Klang's aber rasch hintereinander kupfern oder gar silbern in der Kappe, erwachte von neuem die Freude: Keiner sollte mir ohne Gabe vorbei, und so jämmerlich greinte ich und so kläglich hielt ich mir den Bauch vor Hunger, daß jedes Auge auf mich fiel und die Hand zum Beutel zuckte, ihr Herr wußte nicht wie. Das Vreni war aber auch recht geschickt mit Haarreißen in ihrem Versteck tätig, dazu huschte sie immer wieder, konnte es grade ungesehen geschehen, hervor und leerte mir die Kappe bis auf ein oder zwei jämmerliche Münzen, daß die Leute auch sähen, andere hätten mich schon des Gebens für wert gefunden, es sei aber so wenig, daß es ein Jammer sei.

Zudem, als der Tag fortschritt, ward vom Vrenerl eine neue Qual mir zugefügt: Ob ich jetzt auch wirklichen Hunger hatte, gab sie mir doch nichts zu essen, sondern vertröstete mich auf den Abend. »Mach mir deine Sach gut, Wizzel«, sprach sie. »Wenn wir dann heimgehen, will ich dir schon kaufen, was dein Herz nur begehrt.« Sie selbst aber aß kräftig in ihrem Versteck, und recht mit Fleiß schmatzte sie wohl so laut, daß ich's hören konnte und mir das Wasser im Maule herumlief. Ach, wie kläglich flehte ich da die Vorübergehenden an, und wie wenig dankte ich es ihnen, wenn sie mir wieder nur einen kalten Pfennig statt des erwünschten Bissens in die Kappe gelegt! Wie sehnsüchtig sah ich dem Kinde nach, das mit einem Sirupwecken an der Hand einer Magd vorüberwandelte, wie gerne hätte ich unsern ganzen Tagesverdienst für einen Bissen von diesem Brote gegeben! Aber recht hatte das Vrenerl – je hungriger ich ward, um so besser konnt ich bitten, und hatte es am Vormittag in die Kappe nur geklekkert wie mit Ziegenpillen, tropfte es am Nachmittag so reichlich, als miste eine Kuh!

ZEHNTES KAPITEL
*Wie Wizzel Kien der Nährvater
bedeutender Männer wurde*

Je mehr der Tag sich zum Abend neigte, um so eiliger gingen die Leute, jedes mußte mit Gewalt noch etwas beschicken, das gar nicht bis zum andern Morgen Zeit hatte. Um so mehr fiel's mir auf, daß ein würdiger, dunkelgekleideter Mann mit einem pockennarbigen Gesichte unter einer weißen Perücke grad gegenüber dem Torweg eine lange Weile stehenblieb und zu mir hinüberschaute, sich auch nicht vom Stoßen und Schieben der Eiligen vertreiben ließ. Wilder denn je riß das Vrenerl an meinem Haar, jämmerlicher noch als zuvor ließ ich meine Klage erschallen; meinte ich doch nicht anders, als das Vrenerl habe auch den Bürgersmann, der vielleicht nach seiner Stattlichkeit gar ein Ratsherr sein mochte, erspäht und wollte, daß ich ihn zu großem Geschenke herüberlocke.

Wirklich entschloß sich der Herr, ging über die Straße stracks auf mich zu, stellte sich vor mich, funkelte mich bedeutend mit seinen schwarzen Augen an und sprach: »He, Herr Zwerg! Springest du nicht, wenn du mich siehest?! Wo ist das Bettelgeld?« Ich vermeinte, er wolle sich nach Art vieler Großer, die den Schwachen nicht ungehänselt ziehen lassen mögen, seinen Scherz mit mir machen. Grinsete ihn also freundlich an, schrie aber noch im gleichen Atem, so derb riß das Vrenerl. »Spare deine Späße an mir!« rief der Dunkle drohend. »Wo ist deine Dirne? Wo ist dein Geld?« Dabei faßte er mich derbe am Arm, und mit der andern Hand griff er nach der Kappe, in der doch nur zwei Dreier lagen.

»Mit Verlaub, Herr Bettelherr, mit Verlaub!« sprach eine andere Stimme grade zur rechten Zeit, da ich schon vermeinte, vor Angst zu vergehen. »Erst der Hohe Rat der Stadt Schalkemaren, dann die löbliche Zunft der Bettler!« Damit löste ein großer Dicker mit weinrotem, rundem Gesicht, in die prächtige Tracht des Stadtprofosen gekleidet, meinen Arm aus der Hand des Gluhäugigen. Ich aber geriet nur aus einer Angst in die andere. Denn das wußte jedes in unserer Gasse, daß klein oder groß, alt oder jung, Mann oder Weib fliehen und sich im dunkelsten Winkel bergen muß, wenn die Profosen kommen. Dieser aber, wohl vom Trunke begütigt, sprach ganz freundlich zu mir: »Nun, mein kleiner Hübscher, du Zwerg mit dem schönsten Buckel landauf und landab, sage an und verkünde einem Hohen Rat: Wieviel Geld hat dir der Herr aller Bettler in dieser Stadt schon fortgenommen? Sehe ich doch nur zwei kümmerliche, grünspanige Dreier in deiner Kappe . . .«

»Und mehr waren auch nicht darin, als ich kam, das schwöre ich bei allen heiligen Wunden Christi!« rief hitzig der Pockennarbige mit der weißen Perücke. »Aber ich möchte wohl wissen, wo die kleine, dunkle Hexe, der widrige Absenker aus der bauchigen Trude, steckt! Den besten Torgang der ganzen Stadt hat ihr die Zunft, auf fette Abgabe hoffend, gegeben. Da aber die Erntestunde naht, läßt sie uns nur diesen blöden Balg mit zwei Dreiern!« – »Gemach! Gemach, Herr Roßginster!« redete den Zunftmeister der Bettler der Stadtprofos würdig an und leckte sich den mächtigen Schnauzbart, an dem wohl noch Weinduft hing. »Längst ist uns zu Ohren gekommen, wie hart Ihr die Bettler bedrückt und wie hohe Abgaben Ihr von ihnen fordert. Kommt aber einer in Not, ist kein Geld in der Zunftlade! Wohl mag es sein, Herr Roßginster, daß die Dirne in verständlicher Angst, Ihr nähmet ihr den ganzen Ertrag des Tages, sich mit ihm versteckt hat. Möglicher aber scheint mir doch, daß das Geld aus der Kappe schon in Euern Beutel gerutscht ist und daß Ihr dem Rat und dem Zwergen nichts lassen wollt als diese zwei Dreier! – »Ich schwöre Euch . . .«, schrie der in der weißen Perücke. »Schwöret nicht!« sprach der andere behäbig. »Ich schwöre selber zu viel, um Schwüren noch zu trauen. He, Mädel, wo steckst du? Komm ungescheut hervor! Ich beschütze dich und dein Geld . . .«

Doch kein Vrenerl kam, lose hing der Faden in meinem Nacken, und spöttisch sprach der Pockennarbige: »Sie scheint, Herr Profos, Euerm Schutz noch weniger zu trauen als Ihr meinen Schwüren.« Lauter lärmte der Profos nach dem Vrenerl, doch es ließ sich nicht blicken. Kläglich fing ich an, in meiner Verlassenheit zwischen den beiden feindlichen Männern zu weinen, da kam noch ein Dritter. Aus dem Torweg, nicht von der Straße, nein, vom Hofe her, schritt ein grämlicher Alter, die Gänsefeder hinter dem Ohre. »Was lärmt Ihr und schreit Ihr?! Meinem Herren wird das Bettelwesen unter seiner Einfahrt noch leid! Aber her mit der Tagesgebühr, kleiner Zwerg! Drei Groschen macht es!« Da lachten die beiden andern recht höhnisch und wiesen auf die beiden Kupfer in der Kappe. »Das ist alles, was der Zwerg verdient hat. Saget das Euerm Herrn!« Da ergrimmte der Alte und sagte keifend: »Das glaube ich, Ihr holt Euch das Silber, mein Herr aber soll sich mit zwei Kupfern begnügen! Daraus wird nichts! Nicht wieder wird eines unter dieser Torfahrt betteln, ohne Ertrag ist sie meinem Herren nicht feil. Das Eisengitter wird wie früher vorgehängt, und aus ist's mit dem besten Bettelplatz der Stadt!« Ärgerlich fuhr der Pockennarbige auf mich ein, und dieses Mal gebot ihm der Profos nicht Einhalt. »Das danken wir dir, du buckliges Scheusal. Sollst du doch gleich . . .!«

Aber da trat das Vrenerl aus dem Dunkel hinter dem Torflügel. Stumm auf der Handfläche bot sie dem Schreiber drei Groschen, der nahm sie eilig und sprach: »Den morgigen Tag bringst du mir die Abgabe, wenn es von Sankt Marien viere schlägt, auf die Schreibstube. Nicht wieder will ich mich um des Geldes willen mit solchen streiten!« Damit ging er. Aber hastig rief der pockennarbige, stattliche Bettelherr: »Und mein Geld, Dirne? Du vergissest doch nicht die Zunft?! Ohne Anteil ist dir der Bettel nicht erlaubt.« Dröhnend brummte der Profos: »Und die Stadt, Mädchen, der Hohe Rat?! Vergiß sie nicht, sonst kämest du und dein Bruder Zwerg, so klein ihr auch seid, in den Turm zu den Ratzen!« Und er schnalzte drohend mit der Zunge. Aber das Vrenerl reichte jedem stumm seinen Anteil.

Hastig zählten sie. »Es ist zu wenig!« rief der Profos. »Es ist der beste Bettelplatz in der Stadt!« behauptete der Pockennarbige. »Sieben Groschen muß er der Gilde jeden Tag bringen, und du gibst nur fünf!« – »Er muß es erst lernen«, sprach mutig das Vrenerl. »Es ist sein erster Tag, und er ist das Geschäft noch nicht gewohnt!« Unzufrieden schwiegen die beiden. »Und es ist nicht der beste Bettelplatz in der Stadt!« behauptete sie kühnlich. »Gebt uns den Sitz vor dem Dom oder unter der Rathauslaube, so könnten wir es wohl auf sieben Groschen bringen.«

»Also dann morgen sieben!« sprach der Profos. »Kommet, Herr Roßginster!« Doch der andere murmelte: »Ich stehe noch ein Weilchen und sehe dem Geschäft zu.« Es überlegte der Schnauzbart und sprach dann: »Steht Ihr, stehe auch ich!« Und stellte sich auf die andere Seite des Torweges. So saß ich auf meinem Bettelplatz zwischen zwei Torwächtern, das Vrenerl aber war wieder in den Schatten des Torflügels zurückgeglitten. Doch keine milde Gabe wollte mir in die Kappe fallen, denn die beiden Wächter verdeckten die Aussicht auf mich, und kein Haarziep mahnte mich zum Klagen.

»Gehen wir also!« sprach endlich unmutig der Bettelherr. »Es ist zu spät, die Dämmrung fällt, die Leute eilen, und keiner mag mehr den Beutel zücken!« – »Ich habe noch einige Zeit bis zum Abendtrunke«, erwiderte beharrlich der Profos. »Es stehet sich hier recht gut – aber gehet immer!« – »Daß Ihr das Mädchen allein ausbeutet!« rief hitzig Herr Roßginster. »Aha, Bruder Bettelmeister!« lachte der Profos. »Darum sollte ich vorhin gehen. Wie man die Füchse doch schon an ihrem Geruch erkennet! Nein, wenn gebeutelt werden soll, wird gemeinsam gebeutelt!« – »Die Stadt hat ihre Abgabe«, sprach finster Herr Roßginster. »Desgleichen die Bettlergilde«, antwortete der Profos. »Nein, nein, was wir jetzt aus dem Mägdlein kitzeln, ist unser.« – »Nun gut, aber ehrlich halbpart!« – »Ehrlich halbpart!« sprach der Profos, und sie drangen hinter den Türflügel. »Wo ist denn die Dirne?!« rief der eine. »Ausgeflogen, der lose Vogel!« sprach unmutig der andere. »Wie verderbt heute schon die Kinder sind! Nicht einmal uns Alten trauen sie!« – »Suchen wir sie auf dem Hof?« – »Wozu? An den Hof stoßen Gärten, leichter ist ein entflohener Furz gefangen als die bloßbeinige Dirne.« – »Aber einen Humpen leeren wir doch!« – »Und holen uns das Geld morgen!«

Damit entschritten die beiden Würdigen, nicht ohne mir noch die zwei Kupfer aus der Kappe genommen zu haben. Ich aber saß allein in meiner Torfahrt und hätte, ein wenig älter und besinnlicher, Betrachtungen darüber anstellen können, wie keiner zu arm und gering ist, nicht doch einige zu haben, die kräftig an ihm ziehen. Ja, möchte man sprechen, je schwächer einer ist, um so mehr sind's, die sich an ihm mästen möchten. Ich war doch nur ein verunstaltet Kind, ein Bettelkind zudem, und doch stritten sich schon dreie: ein Bettelherr, ein Profos und ein Kaufmannsschreiber um mein Geldlein. Ja, richtiger müßte ich noch sagen, viere, denn das Vrenerl ist doch auch darein zu rechnen. Ein hoher Adler hat nur den andern Adler zu seinem Feind, eine Fliege aber schnappt sich schon der jämmerliche Sperling! Freilich war ich noch zu klein, dies damals zu bedenken, auch grimmte mir der Bauch zu sehr von Hunger, und ich grübelte vergebens, wie ich durch die sinkende Nacht aus der Torfahrt in unsere Gasse finden möchte.

Es wurde dunkler und dunkler. Selten nur noch klang der Schritt eines Heimkehrenden auf dem Pflaster, und schon wollte ich ganz verzagen, da huschte es leise heran. Das Vrenerl war's, und eilig und verstohlen zog sie mich durch den tiefsten Häuserschatten in unsere Heimatgasse. Doch unsere Heimlichkeit war umsonst: Als wir um die letzte Ecke bogen, sprangen zwei dunkle Gestalten aus einer Häusernische auf uns. Laut hätte ich aufgeschrien vor Schreck, doch eine große, weinduftende Hand legte sich mir über den Mund. Hastig flüsterte der Profos: »Sucht sie gut durch, die Dirne! Und bringet mir nichts beiseite, Bruder Roßginster!« Stumm arbeitete der andere an dem sich wild wehrenden Mädchen, dem doch ein

Tuch im Maule das Schreien verwehrte, fühlte sie ab, fand nichts, riß an den Kleidern und sprach dann betrübt: »Nur drei Groschen hat sie!« – »Mir einen, dir einen und den dritten dem Wirt!« sprach der Profos. Und damit entwichen sie eilig.

Schweigend ordnete das Vrenerl seine Kleider, schweigend nahm es mich bei der Hand und schweigend eilte es mit mir in die heimische Kammer. Kaum aber war die Tür zu, so zog sie mich vor den andrängenden Geschwistern in einen dunklen Winkel. »O die Hornköpfe!« flüsterte sie. »Die Schafs- und Schellenmichel! Wußte ich doch, daß sie's noch einmal versuchen würden! Haben sie dich sehr erschreckt? Hast dich wacker gehalten, mein Wizzel! Bist doch ein tüchtiger Bub!« Und als ich anfangen wollte, ob der drei verlorenen Groschen zu klagen, ob des entgangenen Essens, das sie mir doch versprochen, sprach sie hastig: »Stille bist du! Denkst du, sie haben alles? Wenn wir nicht stark sind, müssen wir schlau sein. Sieh doch . . .« Und mir, mir selbst unter dem Buckel hervor zog sie ein Beutelchen, in dem es fröhlich klingelte. »Die dummen Bären, die! Aber mein Wizzel und ich, wir sind klüger! Ei, hat das Jungchen gar nicht gemerkt, wie ich ihm das Beutelchen unter den Buckel schob? Nun, geschwind, gleich sage mir, was möchtest du essen? Schon springe ich und hole es. Einen ganzen Groschen will ich heute an dich wenden. Und morgen abend wieder, wenn du fleißig jammerst, morgen wieder! Freue dich nur darauf und bettele recht kläglich, so wird uns vieles wohl gelingen!«

ELFTES KAPITEL
Wie Wizzel etwas wurde
und gleich den Vater verleugnete

So gingen wir von nun an täglich, durch den Sommer, den Herbst und den Winter bis tief ins Frühjahr hinein, auf unsern Bettelplatz, der freilich häufig wechselte, ganz wie unsere Herren mit uns zufrieden waren. Mit tausend immer neuen Listen und Ränken entzog das Vrenerl den Hauptteil unseres Gewinnes ihren allezeit gierigen Händen. Wenn es auf unsere Gebieter angekommen wäre, sie hätten uns nichts gelassen als unsern Hunger, aber das Vrenerl war ihnen, so jung es noch war, gewachsen und gab grade so viel, daß sie uns unser Bettelrecht nicht nehmen konnten und als tüchtigen Bettlern die besten Plätze geben mußten.

Ich war damals ganz eins mit dem Vrenerl, sie schien mir meine beste Freundin und eine rechte, gute Schwester. Daß sie an mich noch nicht den zehnten Teil unserer Ernte wendete, das bedachte ich in meinem kindischen Unverstande nie. Wenn sie mir nur abends den immer schreienden Wanst mit allerlei Leckereien vollstopfte, wenn sie mir dann des Winters schöne dicke Strümpfe, und gar zwei Paar übereinander, an die Füße zog, so war ich schon heil zufrieden, denn ich sah ja, wie sie ihre eigenen Geschwister hungrig und mit nackten Füßen umherlaufen ließ. Was sie mir tat, nahm ich als ein rechtes Kind für Liebe und Güte, da es doch nur Berechnung war. Den Satz von der Kuh, die durch den Hals melkt, den mancher Bauer sein Lebtage nicht lernt, den wußte sie schon in ihren ersten Anfängen, und sie sah stets darauf, daß ich mit dem Ertrage unsers Handwerks auch zufrieden war. Wär ich ein wenig älter gewesen, wär's nicht so glatt mit uns gegangen, denn dann hätte ich darüber nachgedacht, wo sie wohl mit dem vielen Gelde, das wir einnahmen, blieb. Ich hab's so erst viel später erfahren.

Denn unser Bettelgeschäft ging gut und immer besser. Ich war nun ein richtiger, unverschämter, ausgelernter Bettler geworden, der sich wohl zu helfen weiß, wenn sein Greinen nichts verschlägt, und der die milde Gabe als sein gutes Recht ansieht, da er doch so viele Stunden in Hitze und Kälte, in Schnee und Regen um ihretwillen ausharrt. Gab man mir nicht gutwillig, so wußte ich die lästerlichsten Flüche und Verdammungen, die die meisten böse erschreckten, zumal von einem Kinde, und verdrehte dazu so schlimm die Augen und reckte die Zunge bald bis auf die Brust, daß die Leute ein Grauen vor mir packte und mancher mit finsterer Miene, um den Teufel hintenzuhalten, mehr gab, als er um Gottes willen milde gespendet hätte. Zudem sprengten wir das Gerücht aus und stärkten es fleißig durch allerlei Mären, daß die Berührung meines Buckels für alle Bresthaften, Alten und Kranken heilsam sei. Und nicht leichtlich gaben wir die Erlaubnis zu solcher Berührung, oft mußten sie den Bettler mit langen Sprüchen betteln, manche Gabe mußte ihm hingetan werden, bis der Kranke mir mit der Hand über den Rücken fahren durfte. Wir behaupteten nämlich kühnlich, solches Berühren entziehe mir alle Kraft, und zur Bekräftigung solcher Behauptung sank ich bei mancher solchen Berührung in die Krämpfe, die ich vom blöden Hans gelernt. Dann standen die Leute ängstlich um uns und meinten gar, ich würde im Augenblick zum Teufel fahren.

So narrten wir bösen Schelmenkinder die großen Menschen, dünkten uns wer weiß wie schlau, und je toller wir's trieben, um so größer wurde unser Ruf in der Stadt Schalkemaren. Es gab wohl manch ernste Stimme, die sich gegen uns erhob, aber sie ging ungehört unter im Beifall der großen Masse, der ein pomphafter Scharlatan, macht er nur viel von sich reden, stets lieber ist als ein stiller Prophet. Auch hatten wir allgemach mächtige Gönner, die Zunft der Bettler, die kräftig von uns zog, hing uns an, die Wehrleute der Stadt waren uns freund, und mancher Kaufherr, dessen Kram nicht recht gehen wollte, zahlte uns noch eine Gebühr, damit wir einige Tage vor seinem Gewölbe saßen und die Leute dorthin zogen.

So war's denn kein Wunder, daß ich mir in all meiner Kleinheit und Häßlichkeit vorkam, als sei ich irgendwer; daß es mir so recht von Herzen gefiel, wie ich lebte, und daß ich gar kein ander Leben begehrte. Das Jahr zuvor war ich noch froh gewesen, mit dem Vater allein im Walde zu sein; jetzt schien mir der Wald wenig, weil man die Bäume nicht um Geld fragen, auch an ihnen nicht seine List messen konnte. Der Vater aber galt mir fast noch weniger, da er sich so sehr um die paar Groschen plagen mußte, die mir für ein bißchen Gesichterschneiden und Klagen freiwillig in die Hand sprangen.

Da wir immer auf der offenen Straße oder an Plätzen saßen, über die die Leute gingen, konnte es nicht fehlen, daß wir eines Tages auch einmal meinen Vater sahen. Er ging, ein wenig gebeugt unter der hochbeladenen Hucke, die Straße hinab, mit lauter Stimme rufend: »Kien! Kien! Schöner frischer Kien!« Ich sah sein Gesicht ganz von nahe – und es ist schon etwas für ein klein Kind (und für jeden Menschgeborenen), solch Vatergesicht nach einer Weile wiederzusehen, das vom ersten Tage über unserer Kindheit aufgegangen ist, als sei's das Antlitz des lieben Gottes –, ich sag, ich sah das Vatergesicht ganz von nahem. Doch schnell drückte ich mich in einen Winkel und hörte auf mit Betteln, daß er mich nur nicht sähe. Sicher, es war vor allem die Angst, er könnte mich mit sich nehmen oder von der bauchigen Trude und damit vom Vrenerl forttun. Aber es war auch, daß ich mich seiner schämte, daß er gar so wenig war. Ganz nahe ging er an mir vorüber. »Kien, schöner, frischer Kien!« rief er, sah zu den Fenstern der Häuser empor, ob eine Magd wohl seine Ware verlangte, doch den Sohn im Torweg sah er nicht.

»Hast du gut gemacht«, flüsterte das Vrenerl mir zu. »Der alte Saufsack hätte uns nur um ein Biergeld gepreßt, ja, vielleicht hätte er sich noch auf die faule Haut gelegt, und wir hätten ihn ernähren müssen.« Mir war's recht, was sie sagte, und ich blähete mich noch vor Stolz, daß ich den Vater verkannt hatte, der mich, der ich doch nicht sein Sohn war, nicht verkannt hatte. Als wir zur Nacht in die Kammer kamen, hörten wir, der Kienmichel sei da gewesen, nach seinem Sohn zu sehen, mit einer Zuckerstange. Die Zuckerstange hatten die andern gegessen, aber es war mir nicht leid darum: Das Vrenerl kaufte mir Zuckerstangen, soviel ich nur wollte.

Zwei, drei Tage hockten wir noch bange in unserer Torfahrt, fürchtend, der Kienmichel möchte nach mir suchen und mich zurückfordern. Als er sich aber nicht sehen ließ,

war's ausgemacht, daß er wieder in den Wald zurückge-
gangen war, und wir trieben unser altes Unwesen munter
weiter. Dann stand er ein paar Wochen später plötzlich vor
mir, ganz unbemerkt war er über mich gekommen, da ich
grad hitzig dabei war, eine alte Hökersche zu verdammen,
die mir einen falschen Zweier in die Kappe geworfen. »Oh,
Wizzel, mein Sohn Wizzel!« sprach er und sah mich recht
betrübt aus seinen großen, blauen Augen an. »Daß wir
uns so wiedersehen müssen! Bist du doch nun nichts
besser als ein Bettelmönch oder Zinshahn, die auch den
Menschen ihr bißchen Notwendigkeit abzwacken.« – »Es
ist schönes Geld, Vater«, sprach ich listig und ließ das
Geld in der Kappe klingen. »Kein ander Geld, als du für
deinen Kien bekommst, nur mehr.« – »Ich möcht's nicht
haben«, sagte mein Vater traurig. »Der Wein in der Schen-
ke, den ich davon kaufte, würde mir im Maule sauer.« –
»Und ist doch dasselbe Geld, Vater«, sprach ich verschla-
gener Schandbub nach, was das Vrenerl mir eingeblasen,
»wie's ein frommer Klausner im Walde gesammelt. Wir
geben's nur nicht dem Doppelten Hansen!« – »Wizzel! O
mein armer, böser Wizzel!« rief mein Vater und trat vor
Scham zur Seite, daß ich ihn nicht mehr sah und vermeinte, er sei vor Zorn davongelaufen.

Kaum aber hatte ich mein Geschäft mit Klagen und
Leuteanrufen wieder begonnen, stand er von neuem bei
mir und sprach: »Komm mit mir in den Wald, Wizzel!
Weißt du nicht mehr, wie schön die Vöglein singen und
wie hell die Quelle über den Stein springt?« Ich aber sagte
recht böse: »Du stehst mir im Lichte, alter Kienmichel,
du! Ich muß fleißig betteln, denn der Bettelherr will sieben Groschen haben, der Profos ihrer sechse, und der
Ratsherr, auf dessen Stufen ich hier sitze, gar acht!« –
»Allen bist du dienstbar, Wizzel«, sprach der Vater traurig.
»Aber draußen im Walde bist du frei! Der Busch gibt seine
Beeren ohne Bettelfrage, das Moos ist der weicheste Sitz
ohne Gebühr.« – »Ja, und Regen, Hunger und Kälte habe
ich auch umsonst. Nein, jetzt mußt du gehen, Vater, du
scheuchest mir ja die Kunden.« Und von hinten kam das

Vrenerl geschossen: »Hörst du denn nicht, daß er nicht will, Kienmichel?! Gleich packst du dich, oder ich rufe den Profosen!«

Doch mein Vater achtete ihrer gar nicht, mit einem Ruck hob er mich auf seine Schulter und schritt mit mir fort, ihres Schreiens nicht achtend. Sie aber gellte immer lauter (besorgt um ihren Erwerb): »Diebe! Diebe! Ein Bettler gestohlen! Helft, herbei! Ihr Profosen! Ihr Bettler! Der wundertätige Buckel gestohlen! Herbei! Herbei!« Und dazu bäumte ich mich so wild auf des Vaters Schultern, riß ihn an den Haaren, kratzte nach seinen Augen und schrie wie das Schwein am Spieße, daß die Leute wundernd zusammenliefen.

Wäre mein Vater klüglich in Ruhe weitergeschritten, hätten sie ihn wohl ungehindert gehen lassen. Aber das ungewohnte Lärmen und meine Angriffe verwirrten ihn, schnelle wollte er dem Zulauf der Leute entrinnen, so begann er zu traben. Läuft einer fort, laufen gleich hundert hinterdrein, die kaum wissen warum, und mein Vater mußte schon schneller eilen. Ruft einer: »Haltet den Dieb!«, schreien's gleich hundert ihm nach, und so gellte das Geschrei hinter meinem Vater her, daß schon die vor ihm Gehenden sich verwundert umwandten und die Hände nach ihm ausstreckten. Da mußte er manch künstlichen Sprung tun, seinen Bedrängern zu entgehen, mit manch hartem Stoß umwerfen, wer ihm im Wege stand, in manche Gasse biegen, die ausweglos schien, und über Höfe und Zäune doch nach einem Ausweg suchen. Dazu hatte er mich auf dem Nacken, der ich ihn wie ein wahrer Teufel peinigte und so laut schrie, daß die Verfolger leicht unserer Spur folgten – und weh tun wollte er mir trotzdem nicht!

Sosehr sie ihn aber auch hetzten, so schmerzlich ich ihn auch quälte, mein Vater wäre doch wohl seinen Verfolgern entronnen, denn er war ein starker Mann mit hurtigen Schinken. Doch als er eben in eine leere Gasse einbog und mit äußerster Gewalt zu laufen anfing, tat sich eine Tür zur Gasse auf und hinaus trat der weinlustige Profos.

Nicht mehr konnte mein Vater seinen Lauf hemmen, der Anprall war gewaltig, der Profos wie mein Vater küßten die Erde, ich aber schoß im Bogen durch die Luft über einen Zaun auf einen Misthaufen, wo ich, ehe sie mich fanden, in der stinkenden Jauche fast ersoff. Mein Vater aber mußte eilen, der Wut des Profosen und den Knütteln der Verfolger zu entgehen. Lange nicht durfte er sich in der Stadt sehen lassen, um so ungestörter konnten das Vrenerl und ich unser Gewerbe fortsetzen.

ZWÖLFTES KAPITEL
Wie der Herr Priepas die Bettlerzunft arg gekränkt
und was gegen ihn beschlossen ward

Einmal den Monat versammelten sich alle Bettler von Schalkemaren unter dem Stab ihres Bettelherren, des Herrn Roßginster, vor den Mauern der Stadt in den Trümmern eines alten Hauses, das die Herren von Wetterplitz bei ihrem letzten Streit mit Schalkemaren verbrannt hatten. Da wurden eifrig alle Bettelgeschäfte besprochen, die Verteilung der Plätze mit viel Streit und Geschrei vorgenommen, aus den erhobenen Geldern aber wurde den ungeschickten und bettlägerig kranken Bettlern ein weniges – doch nie genug! – gereicht. Zu diesem umständlichen Geschäfte brachte sich fast ein jedes sein Fläschlein Magentrost mit, so daß, je länger die seltsame Versammlung dauerte, es um so wilder zuging. Schließlich, waren erst alle fast oder ganz voll, wurde oft gar nichts beschlossen, sondern die einen schliefen am Fleck ein, die andern aber ächzten kläglich jammernd in ihre Kammer, wobei oft ein taumelnder Blinder von einem springenden Lahmen geleitet wurde, und ein Beinloser noch mich dazu auf seine Karre lud.

Denn ich war alle Male dort und drängte das Vreneli recht, nur keine dieser Zusammenkünfte zu versäumen, denn dort galt ich vielen vieles, und manches Bettelweib, das nichts besaß, das Mitleid ihrer Mitmenschen anzurufen, als ihre kraftlosen Glieder und ein weinerlich Geplärr, strich mir neidisch über den Rücken und klagte: »Ja, mein Wizzel, wenn meine Mutter mir auch so einen schönen Buckel vermacht hätte –! Wie anders stünde ich da, hätte einen Strumpf voller Silbertaler und könnte mir gar den allerschönsten Mann kaufen!« Überhaupt waren ich und das Vreneli bei den Bettlern recht angesehen, denn wir vermochten je länger, je mehr in die große Kasse zu spenden, und wenn wir's auch nicht gerne taten, die Ehre, die wir für das widerwillig Gegebene einheimsten, schmeckte uns darum nicht schlechter.

Nun war es so in der Stadt Schalkemaren, daß die Bettlerzunft recht eigentlich eine geheime Gewalt besaß. Da wir den lieben langen Tag nichts taten, als in allen Winkeln herumzusitzen und auf die sauber angezogenen Leute ein Auge zu haben, auch mit allen Mägden, Knechten und Hausdienern zu schwatzen, war uns vieles Geheime bekannt, ging's nun in den Geschäftsstuben der Kaufleute oder in ihren Betten vor sich. Und da, was ein Bettler wußte, rasch allen bekannt war, so hatte mancher hohe Herr, der da gemeint hatte, während des Kirchganges der Ehefrau die Magd als schönfrischen Brotlaib heimlich in die warmen Kissen geschoben zu haben, gewaltig zahlen müssen. Da es aber auf die Länge der Zeit nicht anging, daß er allen zinsete; da aber wieder das Geheimnis wertlos war, wenn's einer, der vielleicht nicht genug empfangen, zu den Bürgern aus Rache weitersprach, so zinseten diese Herren (aber auch viele Frauen) dem Bettelherrn, der das Geld wieder unter uns brachte. So ging es fast Haus bei Haus, denn je wohlhabender einer ist, um so besser ißt er. Ißt und trinkt er aber recht fleißig, so juckt ihn auch bald sein Fleisch, und wen's juckt, der möchte sich gerne kratzen oder besser kratzen lassen, wenigstens im geheimen.

Auch war es noch so, daß ein armer Mann, der sich billig einen Schweineschinken vom Bauern auf dem Lande erhandelt hatte, am Stadttor wohl teuer den Fleischzoll entrichten mußte, den reichen Mann aber gereuten die

Mautgelder, er fuhr das ganze Schwein, unter Stroh versteckt, unverzollt durch das Tor, und meinte, es gerate ihm wohl. Schon aber wußten wir's, und er zollte nun uns, und nicht nur zehn Silbergroschen, sondern hundert und mit der Zeit tausend, bloß daß wir ihn nicht vor die Profosen brächten, denn auf Frevel gegen die Maut stand Verlust eines Ohres oder gar einer Hand.

Nun aber wohnte am Kleinen Markt ein gewaltig reicher Herr, hieß Herr Priepas, dem viele Kaufgewölbe, ein schönes Haus, ein Marktschuppen und ein großer Garten zu eigen waren – und er zinsete der Bettlerzunft gar nichts. Er war ein großer, starker, fröhlicher Mann, auch einem kräftigen Trunke nicht abhold, aber ein abgesagter Feind der Bettler. Nie gab er einem von uns auch nur einen Kupferling, und sah er gar Männlein, Weiblein oder Kind um eine Gabe heischend vor seinem Hause sitzen, so fuhr er selbst mit einem Stock aus der Tür, schreiend: Wir sollten lieber unsere Glieder rühren und etwas für uns und die Stadt verrichten, statt unsere Faulheit am Fleiß der andern zu mästen. Daher war der Herr Priepas uns Bettlern allen ein völliger Dorn im Fleische. Sahen wir ihn nur, stach er uns schon, und gar zu gerne hätten wir den Ungebärdigen uns dienstbar gemacht. Dafür aber war, sosehr wir auch alle spähten, wenig Aussicht, denn der große Mann verschmähte die kleinen Schliche, um reich zu werden – was er doch schon war; auch war allen bekannt, daß er mit seiner Ehefrau in herzlicher Gemeinschaft lebte, wenn sie ihm auch schon acht Kinder geboren hatte und fast jede jüngere ihr den Schönheitsapfel fortnehmen konnte.

Es begab sich aber an einem Tage, daß das Vrenerl und ich noch spät in der Dunkelheit nach Haus wanderten, am großen Dom vorbei. Da sahen wir einen Mann an der Domtür stehen und das Wasser abschlagen, und als er sich nach verrichtetem Geschäfte umwandte und die Hosen ordnete, war's der Herr Priepas. Da gingen wir nicht nach Haus, sondern eilig zum Herrn Roßginster und brachten ihm die freudige Kunde, daß wir den Herrn Priepas hätten an der Domtür sein Wasser abschlagen sehen. Der war auch hocherfreut über diese willkommene Nachricht, befahl uns aber, am nächsten Abend und an allen folgenden mit noch zwei vertrauenswürdigen Bettlern am Dome versteckt zu sein und wohl aufzupassen, ob der Herr Priepas seinen Frevel wiederhole.

Es war aber Brauch gewesen in Schalkemaren, daß die Männer, wenn sie von ihrem Abendtrunke nach Haus gingen, mit besonderer Vorliebe an öffentlichen Plätzen, an Kirchen und Denkmälern ihr Geschäft verrichteten, ganz als gäbe es nicht heimliche Winkel hinter Hoftoren und in Hausgängen genug. Darüber hatten sich vornehmlich die Herren Pfarrer erbost, die oft bei ihrem dunklen Gang zur Frühmesse an den Kirchentüren in arge Bedrängnis und ins Rutschen geraten waren. Sie hatten darum beim Herrn Bischof Klage geführt, und es war eine bischöfliche Verordnung ergangen, daß jeder, der bei solcher Untat betroffen werde, in den Turm gesetzt und ihm eine hohe Buße auferlegt werden solle. Auch solle er vor versammelter Gemeinde, einen Schweinskopf als sein Bruderbild in Händen, Buße tun müssen. Doch es schien ganz, als entbrenne der Männer Mut an diesem Gebote um so stärker; je mehr Profosen und geistliche Diener lauerten, um so mehr setzte auch der reputierlichste Bürger seinen Stolz darein, eine Kirchentür zu nässen, und lief, verfolgt, hurtig wie ein Reh über den Marktplatz in dunkle Gassen, ob ihm auch ein Bauch, rund wie der liebe Mond, den Hosenbund fast sprengte.

Nun hatte es freilich keiner vermutet, daß selbst ein so wohlbestallter Mann wie der Herr Priepas diesem Spiele huldigte. Da wär's gut gewesen, gab's mehr Zeugen, ihn zu überführen, als zwei bloße Kinder, und wir bezogen am nächsten Abend unsern Posten hinter einem Stützpfeiler der Kirche zu vieren: der einäugige Schuster, der Humpelhannes, das Vreneli und ich. Lange mußten wir stehen und warten, und manchen sahen wir, der eilig, mit vorsichtigem Rückblick, das Verbot übertrat, der uns es aber nicht wert dünkte, seinetwegen aus unserm Versteck hervorzutreten. Schließlich aber, als die Nacht schon völlig gekommen war, kam mit festen Tritten auch der, auf den wir harrten, griff in den Hosenschlitz und ließ es laufen wie ein Brünnlein. Ängstlicher als er spähten wir über den Platz, befürchtend, eine Wache möchte uns die Frucht solch einträglicher Entdeckung vor der Nase abpflücken. Doch keiner kam aus der Nacht hervor, und der große Mann entschritt mit schallenden Schuhen. Da tauchten wir flugs aus dem Dunkel unseres Bogens, liefen hinter ihm drein und erhoben unsere Stimmen zu einem Hohngeschrei:»Kirchenschänder! Dompisser!«

Mit einem Ruck wandte Herr Priepas uns seine Stirne zu und rief:»Was seid denn ihr für Dunkelmänner und Strolche?! Ach, Bettlergesindel – unnützes Unkraut im Acker der Stadt! Wartet, jetzt werde ich euch reuten!«Und eilig auf uns zustürzend überrannte er den Humpelhannes, der krachend aufs Pflaster stürzte, und erwischte den einäugigen Schuster, den er kräftig drosch. Einzig das Vreneli entrann ihm, während er mich mit zehn Schritten einholte, in das Licht eines Fensters hob und also sprach: »Was habe ich denn hier für einen Frosch –? Ach, du bist es, kleine Giftkröte! Ich habe schon vernommen, wie du dein häßlich Gift über die ganze Stadt schleimst, so klein und ungestalt du auch bist! Ich rate dir gut, kreuze nicht noch einmal feindlich meinen Weg, sonst werde ich dich, so wahr ich der Priepas bin, an meinem Hause aufhängen.«Damit schüttelte er mich noch einmal so kräftig, daß meine Gelenke knackten und ich kläglich aufseufzte, und setzte mich dann unsanft aufs Pflaster. Darauf entschritt er, und nicht wagten wir wieder, unser Hohngeschrei hinter ihm drein zu senden.

Mit um so größerer Wut eilten wir zu unserm Herrn, dem Roßginster, und trugen ihm den Fall mit beobachteter Schändung und Rache heischender Kränkung hitzig vor. Bedenklich schüttelte der den Kopf und schien nicht übel Lust zu haben, sich der Verfolgung eines solchen Falles zu entziehen, denn welch anderer Zins stand wohl von solchem Mann zu erwarten als ein Prügelzins? Konnte uns aber auch Herr Roßginster gewaltig mit Abgaben und Plätzetausch zwicken und drücken, so konnten wir ihm nicht weniger mit dem Zorne der ganzen Bettlerzunft drohen, wenn er solch für uns alle einträgliches Geschäft aus Feigheit vernachlässigte. Wohl oder übel mußte er am nächsten Morgen die Kappe auf den Kopf stülpen; in sicherer Entfernung sahen wir, wie er seufzend und sehr langsam die Steinstufen zu des Priepas Hause hinaufstieg, sich den Schweiß von der Stirne trocknete, recht bescheiden den Klöppel bewegte und mit vielen Bücklingen und Kratzfüßen eintrat.

Nun brauchten wir nur zu warten und uns auf den Lohn zu freuen, den der Herr Roßginster aus dem Priepasschen Hause heimtragen würde – und weder Warten noch Freude dauerten lang. Denn plötzlich tat sich die Haustüre mit großer Geschwindigkeit auf, und aus ihr fuhr mit schnellster Schnelle unser Herr und Meister. Ein kräftiger Schuh feuerte seinen Hintern zu noch größerer Eile an, und ohne auch nur eine der sieben Steinstufen zu berühren, flog Herr Roßginster auf das Pflaster, wo er bäuchlings und völlig ohne Atem liegenblieb. Oben aber fiel die Tür mit einem Krach zu.

Schwer hatten wir an dem arg geschundenen Manne bis zu seiner Wohnung zu tragen – das heißt, ich wackelte nur mit seiner Kappe hinter dem Trauerzuge drein. Schwerer noch waren seine Wut und sein Schmerz zu besänftigen, von denen überwältigt er die erlittene Kränkung und ihre Ursache auf der Gasse ausschreien wollte. Sosehr er gezögert, in das Haus des Priepas hineinzugehen, sosehr empörte den Vielerfahrenen die noch nie erlittene Kränkung. Denn der Herr Priepas hatte ihm recht höhnisch ins Gesicht gelacht und gesprochen: »Wer wird denn der Anzeige von euch Bettelgesindel Glauben schenken?! Männiglich in der Stadt ist bekannt, daß ich mit euch Raben in Feindschaft lebe – da gilt's jedem Wohlgesinnten nur als ein Rachestückchen, das ihr euch erdacht!«

Und mit heftigen Schlägen ihn aus dem Hause treibend hatte er noch gerufen: »Komm du mir noch einmal über meine Schwelle, du Haupterpresser und Erzschurke! Dann wirst du nicht nur Tachteln, sondern eiserne Hals- und Gliederzier empfangen!« Wie schäumte der Herr Roßginster vor Zorn, da er doch als wahrhaft ehrlicher Mann mit einer sorgfältig beobachteten Anzeige und nicht mit einer erdichteten Beschuldigung, was auch schon vorgekommen, eingetreten war. Wie es denn meist die Schurken besonders für Übel nehmen, mißtraut man ihnen einmal, sind sie zufällig grade ehrlich. Nicht nur eigenes Ansehen und Macht des von allen gefürchteten Mannes standen auf dem Spiele, sondern Rechte und Ertrag der ganzen Bettlerzunft!

Eilig mußte darum eine Versammlung aller Bettler einberufen werden, in die wir freilich den Herrn Roßginster tragen lassen mußten, denn er war seiner geschundenen Glieder noch nicht wieder mächtig. Um so rascher aber lief ihm die Zunge, vortrefflich wußte er die erlittene Kränkung auszumalen, daß sie jeden schmerzte, und den entgangenen Gewinn, daß er einem jeden wehe tat. Große Aufregung bemächtigte sich aller; wären die Flüche erfüllt worden, die man da auf den Priepas und die Seinen herabrief, ihrer aller Leib wäre auf der Stelle von gräßlichen Krankheiten zerborsten. Und hätte man die Drohungen wahr gemacht, die da gegen ihn ausgestoßen wurden, sein ganzer Besitz wäre in einer Stunde in Flammen aufgegangen, während er mit Frau und Kind hundert gräßliche Tode hätte sterben müssen. Denn groß war von eh und je die Erbitterung der Bettler gegen ihn gewesen, denen er nie auch nur das Kleinste gespendet und von denen er immer verächtlich gesprochen; da war diese neue Beleidigung wie Öl in ein verborgenes Feuer: Hoch auf schlugen die Flammen!

Schließlich aber legte sich der Tumult ein weniges, und die Stimmen der Älteren, die Vorschläge der Besonnenen und die Ränke der Listigen wurden gehört. Daß der Priepas arg bestraft werden mußte, und recht öffentlich bestraft, ohne daß doch die Aussicht auf eine ewig laufende Geldbuße verloren wurde, darüber waren alle eins.

Viele Vorschläge wurden gemacht und verworfen, schließlich aber wurde ein Plan angenommen, der nachher großes Aufsehen in der Stadt erregte, und von dem später gesagt wurde, ich, der Wizzel, habe ihn ersonnen. Ich kann es nicht leugnen und ich kann es nicht bejahen, denn ich weiß es nicht mehr. Will's mir unwahrscheinlich bedünken, daß so viel List in einem kaum vierjährigen Kinde gesteckt, so weiß ich doch aus vielen Dingen, daß die Kindlein wohl listig zu sein vermögen, sonderlich die geschundenen, die sich immer um ihre Atzung umtun müssen. Auch war ich mit meinem Kopfe meinen Jahren weit voraus, und wohl mag es auch sein, daß das Vreneli das meiste und das Beste dazugegeben.

Wie dem aber auch sei, denn es ist müßig, heute darüber zu reden, wer der Urheber dieses Planes gewesen – so lief er: Von diesem Tage an sollten alle Bettler und was ihnen anhing, ob Mann, ob Weib, ob Kind, verpflichtet sein, zweimal täglich an den Wänden des Priepasschen Hauses ihre Notdurft zu verrichten, wie es ihnen gefiele und die Stunde es erlaubte, öffentlich oder heimlich, an den Mauern, auf den Treppen, an den Wänden, im Torbogen oder gar in den Stuben. Sollten aber die Leute neugierig sein und fragen, warum denn solches geschehe, oder sollte einer gar von den Profosen, die der Priepas zu benachrichtigen nicht verfehlen würde, ergriffen werden, so sollte er nur sprechen: »Auch ein Herr Priepas darf nicht allerorten brunzen!« So würden's die Leute schon verstehen, daß es ein Schelmenstreich sei, die Geistlichkeit werde davon erfahren, sich eifrig der Sache annehmen, dürfe aber doch nichts Gewisses hören, damit die Katze nicht aus dem Sack sei.

Mit ungeheurem Jubel wurde dieser Beschluß aufgenommen und gefaßt, und gar manche alte Gassentrine schwor, sie werde so fleißig trinken wie noch nie, damit sie nicht zwei-, sondern zwanzigmal vor dem Priepasschen Hause werde abladen können. Zu lange schon habe sie ihren guten Vollmond in Röcken und Lumpen verbergen müssen, nun gelüste es sie gewaltig, ihn ganz öffentlich wieder einmal aufgehen zu lassen. Nur wenige Furchtsame und Mäkelsüchtige versuchten abzuwiegeln, aber ihre Stimmen gingen unter in dem Gelächter und dem Beifall der andern. Freudig wie lange nicht ging die Bettlerzunft heim, ein jeder in sein Gehäuse, und da fehlte wohl keiner, der sich nicht im Einschlafen ausmalte, mit einem wie lustigen Streich er seine erste Ladung dem Herrn Priepas vorsetzen wollte.

DREIZEHNTES KAPITEL
Wie der Pissekrieg anhub
und wie die Roßginsterschen vorerst siegten

So begann jener heftige, sich über Wochen hinziehende Streit, der unter dem Namen »Wizzelscher Pissekrieg« allbekannt geworden ist, und der von beiden Seiten mit immer steigenderer Erbitterung geführt wurde. Gar zu weitläufig brauche ich mich hier nicht darüber auszulassen, denn es ist schon genug darüber geschrieben worden, und wen's gelüstet, der mag nur nachschlagen in den Akten der Stadt Schalkemaren, wo in Protokollen, Schriftsätzen, Regressen, Meldungen, Verfügungen, Erlassen, heimlichen Briefen, Beschuldigungen, Stockmeisterrechnungen und vielem andern mehr genug davon zu lesen ist. Wie wir im voraus richtig errieten, schlug sich die Geistlichkeit auf unsere Seite, die in uns die Rächer geschändeten Heiligtums sah, da wir doch nur den leer gebliebenen eigenen Beutel rächten. Dazu hatten wir gewaltigen Zulauf von allen kleinen und niedrigen Leuten, denen es ein Spaß war zu tun, wie wir taten, bloß um die großen ein wenig am Barte zu zupfen.

Der Herr Priepas hingegen hatte alle gesitteten Bürger auf seiner Seite, die freilich lieber redeten, statt ihm tatkräftigen Beistand zu leisten. Dazu sprang ihm der Gerichtsherr der Stadt Schalkemaren mit dem ganzen Richterkollegium in die Seite, so daß er gewaltige Hilfe an

Profosen, Scharwachen, Stadtweibeln, Arkebusenträgern und Gerichtsboten fand, denen er freilich die Gelenke mit dem Öl vieler Silbertaler ständig schmieren mußte, die wir doch lieber in unsern Taschen klingen gehört hätten. Wechselnd waren die Erfolge in diesem Kriege, mannigfach die Überraschungen, bald unterlag die eine Partei, bald die andere, und oft vergaßen die Inwohner von Schalkemaren ihren ganzen Handel und Wandel, all ihre bürgerlichen Verrichtungen über den Ereignissen des unblutigen Pissekrieges. Ein Fremder, der mitten hineingeraten wäre in den Wirbel von Aufregung und Streit, hätte wohl den Kopf geschüttelt, wenn er den geringen Anlaß erfahren hätte, daß nämlich ein Mann sein Wasser an einer Kirchentür abgeschlagen, und hätte gerufen: »Oh, närrisches Schalkemaren!« Aber später habe ich vernommen, daß manch blutiger Krieg aus keinem größeren Anlaß begonnen worden ist.

Zu Anfang ward der Herr Priepas wohl völlig überrascht, ja, er soll erst kräftig gelacht haben über die armen Gäuche, die auf solche Weise ihm das Geld aus dem Beutel listen wollten, das ihr hinausgetaner Bettelherr nicht hatte erlangen können. Nur verbot er's gleich der Frau und den Kindern, an die Fenster zu treten, denn da stand zu jeder Stunde und jeder Minute eines am Haus, das sein Geschäft verrichtete. Die Frau mag ihm wohl gehorcht haben, die Kinder schon weniger und das Gesinde gar nicht. Denn es war gar possierlich anzusehen, wenn im Strom der Vorübergehenden ein alt Weiblein gar sittsam trottete, plötzlich aber sich hinhockte, die Röcke auseinanderschlug und aufs Pflaster brunzte, daß die Leute schimpfend oder lachend auseinandersprangen.

Mählich aber wurde mit den Anzeichen eintretenden Schadens der Kaufherr ernster. Die Stallknechte konnten mit den Pferden nicht mehr ausfahren, denn sie mußten den ganzen lieben langen Tag kehren und säubern. Kunde kam aus den Verkaufsgewölben, daß sich auch zwischen die andrängenden Käufer manch solch Frevler mische, der mitten im Laden rasch sündige und damit die Käufer austreibe. Zudem mußte der Herr Priepas erfahren, daß die Mauer um seinen Garten lange nicht hoch genug sei, denn die Kinder liefen weinend zurück ins Haus: Ihr Spielplatz und alle Wege dazu seien völlig verdorben, und es sei Gestank, wo man auch stehe.

Am nächsten Morgen gab der Herr Priepas, dem der Schlaf Wissenschaft gebracht, der Spaß sei Ernst, den Stallknechten keine Besen zum Kehren, sondern Stöcke zum Schlagen in die Hand und gebot ihnen, jeden den sie bei seiner Verrichtung erwischten, nicht ungebleut zu entlassen. Gegen Mittag konnte er schon diese Wache mit seinen Ladengehilfen verstärken, denn es erwies sich, daß die Kauflustigen sein Gewölbe wegen des Unflats zu scheuen begannen und daß sie lieber von der andern Seite des Marktplatzes spähten, was sich da wohl alles begebe. Es begab sich genug, denn der Herr Roßginster, als drei und als sechs zerschlagene Bettler heulend bei ihm ankamen, sammelte eine Schar von zehn der kräftigsten, zog vor das Priepassche Haus, tat, was er laut Absprache zu tun hatte, und lieferte den Priepasschen Leuten ein gewaltiges Gefecht. Da gab es auf beiden Seiten zerschlagene Köpfe und zerrissene Wämser genug, und immer lauter ertönte das Kriegsgeschrei: »Auch ein Herr Priepas darf nicht allerorten brunzen!«

Während so der Kampf wogte, wurde das ungeschützte Haus derart verunreinigt, daß es zum Himmel stank. Das Echo des Kriegsgeschreis aus den Bettlermäulern aber verbreitete sich mit Windeseile über die Stadt und erreichte so auch die Pfaffen, die ihre Ohren spitzten und schon pures Priepassches Gold in ihren Laden klingen zu hören meinten. Sie vermochten aber Genaues noch nicht zu erfahren.

Unterdessen waren das Vreneli und ich recht bedachtsam gewesen, und wir hatten uns gehütet, am hellerlichten Tage zu tun, was wir tun mußten. Denn einmal war das Vreneli noch ein Kind, und wenn es auch als das Kind der bauchigen Trude ein hartgewöhntes Kind war, das vieles wußte, was andern Kindern lange verborgen bleibt, so war's vielleicht grade darum ein besonders eigen Kind und mit seinem Leibe nicht umgänglich. Zudem wußten wir ja auch wohl, daß, außer dem Herrn Roßginster, ich, der Wizzel, der einzige war, der dem Herrn Priepas als Anlaß zu diesem Kampfe bekannt war. So fürchteten wir, je mehr sein Zorn zunehme, um so größer werde auch sein Eifer werden, mich aufzuheben und zu züchtigen, denn mir klangen wohl noch seine Worte in den Ohren, daß er mich an seinem Hause aufhängen wolle, treffe er mich noch einmal auf feindlichem Wege! Wie recht wir mit unserer Vorsicht gehabt und wie wir lange noch nicht vorsichtig genug gewesen, bewies er uns gleich in der ersten Kriegsnacht in unserer Kammer. Denn da brachen plötzlich in der tiefen Dunkelheit nach Mitternacht zwei vermummte Männer ein, mich zu fangen. Mir aber gelang's, in all dem Kindergewusel, Schreckensgeschrei und halber Finsternis aus der Stube und in den Stall zu schlüpfen, wo mich der blöde Hans stumm in die Krippe legte. Die Priepasschen Kerle stöberten zwar auch im Stall, aber der Gedanke, ich liege unter den Nasen der ruhig stehenden Pferde, kam nicht in ihre langsamen Köpfe.

Von nun an war es mit dem Hausen in der alten Kammer und mit dem Bettelhandwerk in Torgängen und auf Straßen für uns vorbei. Ich aber erhielt so Kenntnis von einem Kramhandel, den das Vrenerl heimlich vom verdienten Gelde begonnen und den sie schon lange in den freien Stunden betrieben, da ich beim Bettelwerke still auf meinem Platze gesessen. Das Vrenerl versorgte nämlich viele der Mädchen in den verrufenen Gassen mit Schönheitswässern, Salben, Elixieren, auch mit Schnürleibern, chinesischen Seidenbändern und was es an solchem Frauentand mehr gibt. Und so geschickt war sie bei diesem Handel, bei dem sie oft lange mit ihrer Forderung wartete und unermüdlich weiterlieferte, bis sie dann in einer günstigen Stunde zufaßte und alles auf einmal in die Scheuer fuhr, daß sie nicht nur ihr Geldlein erheblich vermehrt, sondern sich noch dazu manche gute Freundin erworben hatte. Denn diese verlorenen Mädchen lieben – neben sich – nichts so wie die Kinder, die sie ja bei ihrem Berufe meist entbehren müssen.

Da waren wir beide wohlaufgenommene Gäste, und grade an mir fanden die Mädchen wegen meiner Mißgestalt sonderliches Gefallen. Ein rechtes Spielzeug war ich für sie, oft stritten sie, wer mich für die Nacht beherbergen sollte, und lieber schickten sie einen späten Gast noch von der Türe, als daß sie mich aus dem warmen Bette gejagt hätten. Da waren das Vrenerl und ich nie zu kurz um gute Speisen und schönen Trank, denn was der einen fehlte, gab die andere willig. Ich aber herrschte wie ein kleiner Tyrann, schenkte meine Gunst und entzog sie, wie es mir in meinen törichten Kopf kam, und fand doch immer genug, die mir Beifall spendeten.

So lebten wir eine Weile in einem rechten Schlaraffenland, während draußen der Kampf um den Herrn Priepas immer grimmiger tobte, von dem wir freilich alle Stunden Nachricht bekamen. Denn nicht nur kam mancher Bettelbruder mit Botschaft, nicht nur schickte Herr Roßginster mir als dem eigentlichen Anstifter manchen Bescheid und kam auch selbst, sondern es wurde auch ein Hauptspaß der liederlichen Mädchen, vor das Priepassche Haus zu gehen, dem Spektakel zuzuschauen und, gab es die Gelegenheit, auch einmal rasch zu tun, wie dort getan werden mußte. So bekamen die Stadtdiener und Wachen für umsonst zu sehen, wofür sie sonst manchen Groschen hätten aufwenden müssen. Auf diese Art wurde aus einem wohlanständigen bürgerlichen Hause binnen kurzem ein wahrer Sammelplatz des Unflats, der liederlichen Leute, der Herumtreiber und Nichtstuer, des Packs – und die Gewölbe waren umsonst mit Waren gefüllt.

Darüber kam der Herr Priepas in große Bewegung, denn er sah nicht nur seinen Wohlstand und guten Ruf bedroht durch etwas, was er zuerst für einen Popel gehalten, sondern es wuchs bei ihm mit der Kränkung der Zorn auf die Kränkenden, und eilig lief er zum Gerichtsherren und bat um Schutz seines Hauses und strengste Bestrafung der Schuldigen. Weil der Gerichtsherr war, was der Herr

Priepas war, das heißt ein wohlbestallter Bürger, ward ihm ohne lange Prüfung gewährt, um was er gebeten. So verprügelten denn die Hatschiere derbe, wen immer sie erwischten, ja, sie warfen den, der sich ein zweitesmal ertappen ließ, in den Turm, zu kläglichem, lichtlosem, hungrigem Ende.

Das aber wollte wieder den Geistlichen nicht gefallen, die bei jedem Streit hofften, Garn auf ihre Kunkel zu bekommen. Da es aber ihre Art ist, im Dunkeln zu wühlen wie die Maulwürfe, deren Tracht sie ja auch tragen, so rüsteten sie den Herrn Roßginster fein aus mit Advokaten, Schriftstücken, Einsprüchen – doch nicht mit Geld, von dem sie sich am allerungernsten trennen, da sie wohl meinen, daß alles Geld des Teufels und den Leuten nur schädlich ist. So gewappnet trat der Herr Roßginster recht kühnlich an den Gerichtsplatz und brachte vor, es gebe nur ein Verbot in der Stadt Schalkemaren, nicht an Kirchen oder öffentlichen Denkmälern es laufen oder fallen zu lassen, sonst aber ungescheut an jedem Platze. Da nun das Priepassche Haus weder Kirche noch Denkmal sei, habe man die, so sich an seine Mauern gestellt, zu Unrecht geschlagen und in den Turm geworfen. Er fordere von der Stadt Freilassung und ein hohes Schmerzensgeld.

O weh! Da gab es bei den Perücken ein kräftig Köpfekratzen! Denn daß gegen die Einwände des Herrn Roßginster nicht viel zu sagen sein werde, war klar. Jedermann verrichtete sein Geschäft seit je, wo's ihm beliebte, und wenn's bisher aus Schamhaftigkeit mehr in den dunklen Gassen geschehen war, wo die Armen wohnen, gab's doch kein Verbot, daß es jetzt nicht einmal vor den Palästen der Reichen statthaben sollte. Eilig und im Dunkeln ließ man die Eingekerkerten frei, nicht ohne sich durch Versprechungen und Drohungen versichert zu haben, daß sie der Stadt wegen ihrer Gefangenschaft nicht länger grollten. Froh versprachen die armen Schlucker alles, im Glück, ihre Freiheit wiederzuerhalten. Auch wurden die Wachen vorm Priepasschen Hause zurückgezogen.

VIERZEHNTES KAPITEL
Wie der Pissekrieg ausging
und Wizzel Kien der Sündenbock ward

Ei, wie brachte solche Entscheidung den Herrn Priepas
wieder auf den Plan! Der meinte am nächsten Tage, völlig
in einem Jauchenfaß zu wohnen! Mit seinen Advokaten
stürmte er aufs Gericht, und sie wiesen nach, daß zum
ersten der Marktplatz einer Stadt als Denkmal anzusehen
sei. Daß zum zweiten der frühere Burgemeister der Stadt
Schalkemaren grad vor der Priepasschen Türe von Wetterplitzischen Reitern niedergeschlagen und ums Leben gebracht sei, so daß grade diese Stelle als besonderes Denkmal anzusehen. Daß zum dritten nicht jeder jeden Ortes
sein Geschäft verrichten dürfe, zum Exempel nicht in der
Ratsstube, auch nicht in einem Bankettsaal, ferner nicht
im Gastbett der Herberge, nicht im feierlichen Umgang
der Ratsmannen, an der Gerichtsstätte nicht – auch nicht
auf dem Tanzboden und erst recht nicht vor den Augen
einer Jungfrau. Sondern es dürfe nur im verstohlenen
geschehen, da sonst Handel und Wandel, Zucht und Sitte
gröblich verletzt würden. Daß zum vierten sich zahlreiche
Heiligenbilder in seinem Hause befänden, die durch den
Unflat und seinen Gestank nicht weniger geschändet würden, als hingen sie in einer Kirche. Daß zum fünften, da
das Gericht ihm einen Schutz gewährt, dieser nicht ohne
feierliches Urteil zurückgezogen werden könne. Daß zum
sechsten viele geistliche Personen, als Nonnen, Pfarrer,
Mönche und Bettelmönche, Diakone, an seinem Hause
jederzeit vorübergingen und durch den rinnenden und
gehäuften Unflat gekränkt würden, und daß, da die Diener
der Kirche ein Teil der Kirche seien, sie in ihnen geschändet sei. Daß zum siebenten – aber was soll ich alle dreiund-
dreißig Einwendungen hier aufzählen?! Genug, das Gericht ward überzeugt, die Wachen wurden von neuem
eingesetzt und die Bettler geschlagen und in den Turm
geworfen.
Diesmal waren die Geistlichen mit ihrer Hilfe schon

träger, denn sie hatten noch immer nicht erfahren, was sie vor allem wissen wollten, wer nämlich den Herrn Priepas eine Kirchentür hatte nässen sehen. Da machte ihnen der Herr Roßginster Feuer in die Schuhe, indem er einem in die Stadt zugewanderten Bettelmönch, der aller Geschehnisse noch unkundig war, einflüsterte, ein heidnischer Händler wohne am Markt und müsse um jeden Preis vertrieben werden. Nachdem der Mönch ein paar große Kannen Weines – auf Kosten der Bettlerzunft – geleert und sich so zu seinem Werke Mut gemacht und Vorrat dafür gesammelt hatte, begab er sich unverweilt auf den Markt und tat an dem ihm bezeichneten Hause, was sein Vorhaben gewesen. Da fielen die Stöcke der Wächter derbe auf seinen Rücken, laut auf schrie der Mönch, lauter aber schrien noch die Geistlichen über die Schändung eines der Ihren, der allein ihrer Gerichtsbarkeit unterstand. Zürnend verlangten sie Buße und hohe Bestrafung aller Schuldigen.

So ging der Kampf immer weiter, viele Schläge wurden gegeben, empfangen und von neuem ausgeteilt, und es wäre wohl noch zu einem rechten Bürgerkriege gekommen, hätte das Feuer nicht einen großen Teil seiner Nahrung durch das Verschwinden des Herrn Roßginster verloren. Eines Morgens war er fort, und soviel auch nach ihm gesucht ward, er kam nicht wieder zum Vorschein. Einige wollten wissen, der Herr Priepas habe ihn ermorden und in den tiefen Fluß Schalke werfen lassen als einen Aalfraß, andere wollten ihn als wohlhabenden Bürger in der entferneten Stadt Hauburg gesehen haben und sprachen von Schmiergeld und Bestechung – genug, er war fort und Verwirrung herrschte in den Reihen der Bettler.

Ein neues Oberhaupt mußte gewählt werden. Da aber die meisten Bettler, die ja nur von der Hand in den Mund lebten, des bösen Streites müde waren, auch alle Einnahmen zu fließen aufgehört hatten, denn die Wohlhabenden gaben den Bettlern aus Zorn nichts mehr, so wählte man den Sanften Jochen, einen jungen Burschen mit Schielaugen und einem pockennarbigen Gesichte, der durch einen Halsfehler nur flüstern konnte. Der befahl sofort Abbruch des Kampfes, und fast alle waren dieses Befehles recht froh. Völlig den Sieg aber riß der Herr Priepas an sich, als er nun vor seinem Hause, in gehörigem Abstande, ein kleines Häuserchen, sauber aus Stein, aufführen ließ, mit Brett, Rinne und Tonne, und der Stadt verehrte zur Bequemlichkeit all der Bürger, die auf dem Marktplatz ein Bedürfnis ankommen würde. Diese unerhörte Neuerung freute alle sehr, und mancher sparte sich's auf oder trat gar ohne Not unter das Dach, bloß um auch einmal wieder darunter gewesen zu sein. Nur verwunderte es alle sehr, daß auf dem Dache des Häuserchens ein hölzerner Kasten angebracht war, mit Stangen davor, recht wie ein kleines Gefängnis oder wie die Käfterchen, in denen man Gänse nudelt. Sie zerbrachen sich ihre Schädel darüber, fragten wohl auch, wer besser gestellt war, den Herrn Priepas. Der aber lachte bloß zur Antwort: Es habe ihm eben einmal so gefallen.

Allmählich, wie die Gemüter sich beruhigten, wagten sich auch das Vrenerl und ich wieder bei hellem Tage aus unsern Verstecken, gingen umher, mit dem Weiberkram zu handeln, und bemühten uns bei dem Sanften Jochen um einen neuen Bettelplatz. Lange wollte der uns keinen geben, schielend verdrehte er die Augen, heiser flüsterte er von dem Zorn, den Bettler wie Bürger auf mich wegen meines unsinnigen Planes hätten, und wie ich wohl nichts ernten würde wie Schläge und Schimpf. Da erfuhr ich zum ersten Male recht am eigenen Leibe die Wandelbarkeit der Volksgunst, hatten sie doch alle »Ja« und »Lob« zu mir geschrien, die mich jetzt in Grund und Boden verdammten. Doch bestanden wir hartnäckig auf unserm Recht und bekamen auch schließlich einen elenden Gassenwinkel angewiesen, den wir doch für den Anfang annahmen, hoffend auf meinen wundertätigen Buckel.

Da saßen wir einen langen Tag und einen zweiten und hörten doch nicht einmal den Klang von Geld, sondern nur das grobe Gepolter der Beschimpfungen, wie sehr ich auch die Zunge bleckte, wimmerte, und das Vrenerl meinen Buckel rühmte. Als ich aber am dritten Tage spät im Dunkeln zu meiner Kammer wackelte und nun gar noch mit dem Vrenerl in schlimmen Streit geriet, die mir nichts zu essen kaufen wollte, da ich nichts verdient habe – da sprangen vier Männer aus der Nacht auf uns, jagten das aufschreiende Vrenerl fort, wickelten mich eilig vom Scheitel bis zur Sohle in eine grobe Decke, daß ich nicht schreien, nicht schlagen, nicht beißen konnte, und trugen mich eilig davon. Als ich aber wieder recht zu mir kam – denn die dicke Decke hatte mir fast den Atem genommen –, saß ich, hoch über dem Marktplatz, im Käfig auf dem Notdurfthäuserchen. Ach, wie rüttelte ich da an den Stäben, die meinen schwachen Händen doch viel zu derbe waren! Wie rief ich kläglich den Schatten jedes spät Vorübereilenden an, der doch nur rascher rannte, meinend, ein böser Geist rufe ihn aus den Lüften!

Wie schlimm aber war es erst, als der Tag kam, und die Vorübergehenden entdeckten mich oben in meinem luftigen Verließ! Wie sehr ich mich auch in den Winkel kauerte und mein Gesicht in den Händen verbarg, sie ließen mir keine Ruhe. Mitleidslos scheuchten sie mich mit geworfenen Eiern, Äpfeln, Roßäpfeln auf, ja, gar grobe Wakkersteine warfen sie nach mir Kind. Den ganzen Tag wogte und drängte eine lachende Menge unter mir. Da ist wohl keiner in der großen Stadt Schalkemaren gewesen, der sich nicht an mir geweidet, ja, Alte und Sterbenskranke gar ließen sich hinaustragen und lachten sich vor ihrem Tode ein letztes Mal sterbens- und lebenssatt. Da war keiner unter all den Leuten, der ein Wort für mich gesprochen, und wie viele Male mir an diesem Tage meine Mißgestalt, an der ich doch unschuldig, vorgeworfen wurde, das kann keiner zählen. Da hatte ich alle Gelegenheit, über Volksgunst und Volksmißfallen nachzudenken und wie gut ein Kleiner mit einem Großen Kirschen essen kann. Habe auch gar wohl gesehen, daß selbst mein Vrenerl, die doch allen Nutzen aus mir gezogen, ihre Geschwister, Stück für Stück, zu diesem Spektakel geführt und nicht weniger gelacht und gespottet hat wie die andern. Da ist eine rechte Saat der Liebe und Verehrung für meine Mitmenschen in mein junges Herze gesäet worden, und wenn heute der Rat der Stadt Schalkemaren nicht mehr von den Bürgern des Gemeinwesens gewählt, sondern von den Herren von Wetterplitz eingesetzt wird, so ist auch das Ernte von dieser Saat. Doch soll alles an seinem gehörigen Flecke erzählt werden.

Auch über dem längsten Tage geht einmal die Sonne unter, und wie der Nachmittag vorrückte, waren mir die Leute schon gleich, so sehr plagten mich Hunger und Durst. Als es aber ganz dunkel wurde und niemand kam, und ich konnte nicht mehr rufen, denn meine Stimme versagte vor Trockenheit des Halses, und ich verzweifelte schon schier, denn ich meinte, der Herr Priepas wolle mich nicht nur aufhängen vor seinem Hause, wie er es mir vorhergesagt, sondern mich zur Strafe völlig verschmachten lassen – da flüsterte es auf einmal: »Wizzel! Wizzel!« Ich fuhr zusammen, denn die Stimme kannte ich wohl, und glaubte doch nicht, daß sie's sein konnte, denn den, der sie trug, hatte ich freventlich verspottet und fortgejagt. Aber es war doch mein Vater. Als einziger hatte mein Vater meiner gedacht (der doch nicht einmal mein Vater war), nun kam er leise, mich zu befreien. Ach, wie zitterte mein Herz, wie tropften meine Tränen auf seine groben Hände, wie lind schmeckte mir die Milch, die er mir aus einem Fläschlein zu trinken gab! Still lag ich in seinem Arm, als er mich auf geheimen Wegen, über Mauern kletternd, durch Gräben watend, aus der Stadt trug. Geborgener, trostreicher habe ich mich nie gefühlt als in dieser Nacht in meines Vaters Arm, der mich ohne einen Vorwurf und ohne eine Frage aus der Stadt Schalkemaren zu sich in den Wald trug.

FÜNFZEHNTES KAPITEL
*Wie dem Wizzel der Wald nicht gefiel,
er aber Gefährten fand*

Im Walde ist kein gutes Leben für einen Stadtmenschen. Die Bäume stehen dort seit eh und je, der Wind zerrt an Haar und Kleidern, die Tiere laufen umher und sind lieber unter sich, und ein kleines Zwergenkind, das sich manchen Tag eingebildet, es sei recht was und eine ganze Stadt sehe nur auf es, kann darin umherlaufen, schreien, seine Streiche machen – den Wald kümmert es gar nicht. Recht sauertöpfisch schlich ich bald umher, das liebe Himmelsblau ärgerte mich, die liebe Sonne boste mich, die bald zu heiß brannte, bald zu sehr sich hinter Wolken versteckte; ich lag am Bach und fand sein dummes, ewiges Plätschern recht albern. Und dann dachte ich an die große Stadt Schalkemaren, in der die Leute ewig kamen und gingen, ich hatte sie erschreckt, ergötzt, verblüfft, lachen gemacht, von vielen Gebresten geheilt, immer aber geschröpft, und das Ehemals kam mir so lustig und das Jetzt so sterbensdumm vor, daß ich zu unserer Hütte lief und lief, mir fest einbildend, vor ihr müsse jetzt das Vrenerl stehen, mich rückzuholen in die Stadt.

Aber kein Vrenerl war da, und schon fiel mir's wieder brennend ein, wie ich im Ganskäfig auf dem Notdurfthäuserchen gesessen und wie auch sie unter der Spöttermenge spottend und lachend gestanden, und mein Blut fing an zu summen. Ich machte die Augen zu, biß auf die Lippe und drückte Fingernägel in die Handflächen: so sehr schämte ich mich. Aber in der Scham war viel hilfloser Zorn, und ich schämte mich bloß darum, weil mein Zorn so hilflos war. Nachts träumte ich davon und schrie und wachte von meinem eigenen Geschrei auf. Mein Vater schnurfelte geruhig weiter durch die Nas, denn er war müde von seiner Arbeit. Ich aber lag noch lange wach und dachte daran, wie ich den Hals des Priepas eben in den Händen gehabt, und wünschte, ich hätte alle Hälse der Stadt in einem hier und brauchte nur zuzudrücken.

84

Und hätte mir Meister Teufel meinen Wunsch erfüllt – ich hätte zugedrückt, so voll Zorn war ich!

Es war ja auch keiner und keines im Walde, das mich von meinem Grimm abgelenkt hätte. All die Zeit, die ich denken konnte, war ich stets unter Menschen gewesen, und zuletzt nur unter den losen Mädchen, die mich wie ein wundertätig Amulett angebetet hatten. Jetzt aber war ich mit meinem Grimm ganz allein und der ist ein ungeselliger Geselle. Mein Vater hatte immer im Walde gelebt und darüber das Sprechen fast verlernt. Nur wenn ihm der Wein einmal die Zunge löste, sprach er was, und dann polterte es auch nur so dahin. Er konnte es sich gar nicht ausmalen, daß ein Kind es anders brauchte. »Bist satt, Wizzel?« fragte er und schob mir den Napf mit dem Mehlbrei zu. Wenn ich dann aber recht verdrossen gar nichts antwortete, sondern nur den Napf zurückstieß, nahm er's für eine völlige Antwort, sonst hätte ich schon zugelangt. Zudem hatte er hart vom ersten Tagesschein bis ins Dunkle zu schaffen, denn er mußte jetzt für zwei Mäuler sorgen, und für Kien zahlt keiner mit Gold, auch nicht mit Silber, sondern nur Kupfergeld wirft's ab. Da mußte unermüdlich aufgegraben, gerodet, gehackt, gespalten werden, und beim allerletzten, beim Trennen in Speilerchen, hätte ich ihm schon ein weniges beispringen können. Ich aber tat lieber gar nichts und beseufzte die endlose Länge meiner Tage.

Als ich nun eines Tages wiederum verdrossen im Walde umherstrich und jeden Baumstumpf am Wege anstarrte mit der dummen Frage: Setzt du dich oder gehst du weiter?, meinte ich, in der Ferne Lachen und Rufen zu hören. Erst sagte ich unwillig meinen Ohren, sie hätten's mir falsch gemeldet, und es sei bloß ein Häher, der auch so lachen kann wie Weib oder Kind. Dann aber fing ich an zu laufen, als liefe ich um meine Seligkeit, denn einen Menschen hier im tiefen Walde zu finden, das schien mir volle Seligkeit! Immer schneller trabte ich, daß mein Mäntelchen hinter mir drein wehte, denn nun ging's steil bergab. Unten sah ich es zwischen Bäumen und Büschen blinken, dort war ein kleiner Teich. Leise schlich ich nun näher, bis ich im Buschwerk am Uferrande saß, und da sah ich einen nackenden Knaben und ein nackendes Mägdlein, die im seichten Wasser miteinander spielten, sich jagten, untertauchten, spritzten – und dabei in voller Lust lachten und kreischten.

Zuerst meinte ich, es möchten zwei Waldelfen sein, die sich so erfrischten; denn ich konnte mir gar nicht vorstellen, wie zwei Kinder hier in den unwegsamen, wilden Wald gekommen. Dann aber sah ich ihre Kleidung auf dem weißen Ufersande liegen, und grade, weil's nur ein einfach Kleidchen und ein verschabtes Bubenhöslein waren, war ich froh, denn nun ergab sich's, daß es Kinder von einfachen Leuten waren. Später habe ich dann erfahren, daß das Mariele und das Peterle zu den Köhlersleuten gehörten, die weiter oben im Walde hausten, damals aber wußte ich weder das noch ihre Namen. Das Mädchen mochte so alt sein wie mein ungetreues Vrenerl, nur daß es ganz hell von Haut und Haar war, während das Vrenerl dunkel und braun einherging. Der nur wenig jüngere Junge hatte einen richtigen weißen Hahnenschopf in die Stirne hängen. Wie gerne wäre ich zu den beiden ins Wasser gesprungen und hätte mich mit ihnen verlustiert, aber ich wußte wohl, sie hätten gleich meinen Buckel samt den Spinnengliedern verspottet und mich vielleicht aus Haß auf meine Mißgestalt so lange getaucht, bis ich den Atem verloren.

So saß ich denn am Uferrande und sah und hörte ihnen fleißig zu, das Herz voller Sehnsucht und das erste Mal seit langen Tagen ohne Gedanken an die Stadt Schalkemaren. Dabei lernte ich ihre Namen, mit denen sie sich eifrig riefen, und sie schienen mir recht gewählt, denn das Peterle war tolpatschig wie ein rechter Peter, und wenn er mit der Schwester einen Spaß machen wollte, tat er ihr meistens weh. Das Mariele aber sah so zart und lieblich aus, daß nur eine Jungfrau Maria seine Namenspatin sein konnte.

Während ich aber so saß und ihnen zusah, zergrübelte

ich mir den Kopf, wie ich ohne Gefahr für mich mit ihnen bekannt werden und an ihren Spielen teilnehmen könnte. Nun muß ich berichten, daß mir das Vrenerl noch in unsern guten städtischen Tagen ein rot Gewand ganz über den Leib mit einem roten Mäntelein hatte machen lassen, daß ich auch auf meiner Bettelstelle aller Augen gut auf mich lenkte. So sah ich farbig fast wie ein Fliegenpilz oder eine Feuerflamme aus, und wenn man dazu mein bleiches Gesicht nimmt mit der großen Höckernase, dazu den Buckel und die bleichen Händchen und die wie Stekken dürren Beinchen, so war ich wohl – zumal für Waldkinder – ein rechtes Wundermännlein oder Alraun, da ich doch manche behäbige Stadtfrau fast zu Tode erschreckt hatte. Als nun die Kinder nach ihrem Bade arglos plaudernd den Waldweg entlanggegangen kamen, stand ich schön rot auf einem Baumstumpfe, hatte mein bleich Gesicht durch die Beine gesteckt und rief: »Wanne! Wanne! Ich bin der Waldzwerg! Oh, wanne, wanne!« Die Kinder fuhren erschrocken zusammen, alle Sprache verging ihnen, und sie starrten auf mich wie auf ein Gespenst, mit bleichen Gesichtern. Ich aber rief wiederum: »Wanne, wanne! Bist du auch immer fein artig in meinem Walde, Mariele? Tust du auch meinen Tierlein nichts zuleide, Peterle?«

In ihrer Angst hatten sich die Kinder angefaßt, nun fielen sie vor mir gar auf die Knie, versuchten zu sprechen und vermochten es doch nicht vor Zähneklappern. »Liebe Kindlein«, sprach ich darum, »wenn ihr fein artig seid, so will ich euch auch einmal in meinen unterirdischen Palast mitnehmen und meine goldenen und silbernen Schätze zeigen und mein funkelndes Edelgestein. Wollt ihr das –?« Da riefen sie: »Ja, ja«, das Mariele aber sprach noch: »Und schenkest du uns vielleicht gar einen Goldbrocken, Herr Waldzwerg, daß wir ihn dem Vater und der Mutter bringen können?« Ich aber versprach leichtsinnig, was ich nicht hatte: »Ja, den will ich dir gewiß schenken, Mariele, so groß wie dein Kopf, wenn ihr mir versprecht, jeden Tag hierherzukommen und mit mir zu spielen. Ihr dürft aber keinem Menschen und auch euern Eltern nicht davon erzählen, daß ihr mich trefft, sonst bleibt euch im gleichen Augenblick die Zunge im Munde stehen und ihr seid stumm bis an euer Lebensende.« Das versprachen sie denn auch eifrig, ich aber richtete mich mit einem Ruck auf, denn das Blut siedete mir schon in den Schläfen vom Bücken und der Rücken schmerzte. Sie aber starrten mich an, als sie mich nun wieder verwandelt stehen sahen, und wären am liebsten wohl fortgelaufen.

Ich aber sprach zu ihnen: »Habt nur keine Furcht! Solange ihr tut, was ich begehre, soll euch kein Leides geschehen. Ich bin ein richtiger Zwerg, und alle Zwerge sind so schön wie ich. Faß einmal an, Mariele!« Und dabei nahm ich ihre Hand und führte sie sanft über meinen Buckel. Sie sah mich flink aus ihren Augen an, und ich merkte wohl, daß sie so etwas noch nie gesehen und gefühlt, und rasch und leise fragte sie: »Angewachsen?« – »Ja!« sprach ich stolz und brüstete mich, wie ich mich vor den Heilung suchenden Kranken mit meinem wundertätigen Buckel gebrüstet. »Das ist mein angewachsen Ränzlein. Und wenn es not tut und ich bin einmal ferne von meinem Palaste, kann er sich auftun wie ein Schrein und ich kann hinausnehmen Gold und edle Steine oder einen Braten zu essen, eine Flasche Wein, sie leer zu trinken – alles, was mein Herz begehrt.« – »Ich auch! Ich auch!« rief der Junge, und ich mußte auch seine Hand gegen den Buckel legen, und nun wußte ich, daß sie mir nichts tun, nein, mir untertan sein würden.

So saßen wir denn lange miteinander auf dem Waldmoosteppich, ich erzählte ihnen von meinen unterirdischen Palästen, alle Märlein, die ich in unserer Gasse gehört, und ich schmückte sie so aus, daß sie auch mir völlig gefielen. Als die Kinder dann aber von mir gingen, da die Dämmrung zwischen die Baumstämme kroch, versprachen sie noch einmal, am nächsten Tage wieder hierherzukommen, keinem Menschen aber davon zu sprechen.

SECHZEHNTES KAPITEL
Wie Wizzel Kien als Waldzwerg herrschte
und vom Aufruhr seiner Untertanen

Freudig wie die Blume der Sonne wendet sich das Kind allem Neuen zu. Wohl hatte ich Schalkemaren und mein Mißgeschick dort nicht vergessen, denn ein Kind vergißt nichts, doch bewahrt es alles für später, wo es dann seine Früchte tragen wird, gute oder schlechte. Kaum hatte ich eine Woche mit dem Mariele und dem Peterle gespielt, so dachte ich nicht mehr an Vergangenes, sondern nur noch an den nächsten Tag und seine Lustbarkeiten. An denen war kein Mangel. Der Wald mit Dickungen, Seen, Beerenfeldern, Steinen, luftigem Hochwald und Sandufern bot unerschöpflichen Anlaß zu immer neuen Erfindungen, so daß ich jetzt wieder oder richtiger endlich einmal zum Kinde wurde, nachdem die Stadt mich schon zu einem aberwitzigen, hasserischen, geldsüchtigen – wie nenn ich's doch, da ich mich nicht Mann nennen kann? –, zu einem boshaften Narren also gemacht hatte. Freilich wußte ich's stets so einzurichten, daß all unsere Spiele meine Eigenschaft als mächtiger Waldzwerg zum Ausgang hatten, an der die beiden doch je länger, je weniger zweifelten.

War ich auch jünger als diese, so war ich doch zehnmal anschlägiger, und da, wo die unerfahrenen Waldkinder gläubig starrten und anbeteten, setzte ich zweiflerisch Stadtkind mich am liebsten gleich selbst auf Gottes Thron, herrschend und gebietend. Es ist ein seltsam Ding zu bedenken, daß ich von der ersten Regung meines Geistes an, schon auf den frühesten Kindesbeinen den unbesieglichen Trieb in mir hatte, über meine Mitmenschen zu herrschen oder sie doch in das Netz meiner Pläne und Listen hineinzuziehen – das einzige Vrenerl ausgenommen, dem ich stets willig dienstbar gewesen bin, bis ... doch das soll an seinem Orte erzählt werden. Es war, als wolle mein Geist die Mißgestalt des Leibes an den andern rächen und allezeit beweisen, daß es nicht eines geraden

Körpers bedürfe, um in dieser Welt voranzukommen und etwas zu gelten. Andere aber, denen es ihre Mutter leichter gemacht, wie etwa das Mariele mit seinem schönen, offenen, klaren Gesicht wie die liebe Sonne selbst und mit seinen Gliedern, so leicht und geschwind wie eine junge Ziege, die gut etwas voranbringen könnten, sind gerne ewig willfährig, freundlich und dienstbereit und wünschen sich nichts anderes, als allen behilflich zu sein. Das Peterle aber war bloß ein dummer Bub, tat, was wir wollten, spielte, was wir wollten, und wurde nur zornig, wenn wir ihn gar zu arg neckten oder wenn wir seinem Leibe wehe taten – dann aber wurde er es gewaltig.

So hatte ich denn mit meinen beiden Waldkindern ein leichtes Spiel und ein schönes Spiel, und die Tage verrannen uns, als seien wir selige Engel im Paradiese. Einmal waren das Mariele und das Peterle die beiden armen Kinder, die den Weg durch den wilden Wald zu ihren lieben Eltern suchten. Dann raubte ich Waldzwerg das Mariele und führte es in meine Burg, die ein Dachsbau unter den Ästen einer gewaltigen Föhre war. Wenn das Peterle uns aber fand, so verwandelte ich es in einen Stein, und nach den Regeln unseres Spieles mußte er bis zur Erlösung stille stehen, was auch um ihn und an ihm geschah. Da trieben wir oft unsere Possen mit ihm, ich verrenkte meine Glieder, daß es lachen sollte, oder das Mariele kitzelte ihren Erlöser mit dem Grashalm unter der Nase, daß er niesen mußte. Oder aber sie stieg hurtig auf den Föhrenbaum als ein Eichkater und ließ es auf ihn regnen mit Nadeln und Kienäpfeln – doch stand er unbewegt. Da nahm ich einen Stein und rollte ihn gegen seine Füße – er aber zuckte nicht. Schließlich aber (wenn er ungeduldig ward) wurde er erlöst und ging in den Vorhof meines Palastes ein, wo ich ihm drei schwierige Aufgaben auferlegte, damit er sein Schwesterchen wiederbekäme, als da ist: den Boden sauber kehren, uns Moosbänke, weich und kühl, richten, eine Mütze voll Bickbeeren sammeln. Oder: Auf einem Beine rückwärts den Seeabhang hinunterhüpfen, ohne umzufallen oder ins Wasser zu rollen. Wir aber vergnügten uns gewaltig beim Zusehen, machten unser Mäuler lustig blau beim Beerenschmaus und ließen ihm nur die leere Kappe, oder wir liefen ihm auch einfach weg und versteckten uns, indessen er mühsam auf dem Abhang hüpfte.

War dann aber schließlich die Prinzessin doch erlöst und das Peterle unlustig, unsern Possenpopanz und Diener abzugeben, so verwandelten wir beiden Jungen uns schnell in zwei Köhler, die in arger Verlegenheit um eine Kindsmutter, Koch- und Flickfrau waren. Da mieteten wir dann das Mädchen, brachten's in unser Häuserchen, das wir aus Fichtenzweigen künstlich geflochten, und es mußte uns kochen eine Suppe aus Schneckenhäusern, einen Krötenbraten schmoren, zum Nachtisch aber Erdbeeren auf Stengelchen reichen, die einzige Kost, die wirklich zu essen war. Einmal freilich fing ich mich in meinen eigenen Lügen, als ich ihnen erzählte, wir Waldzwerge äßen die großen, nackten, schwarzen Schnecken, die ganz wie Nüsse schmeckten. Da bedrängten sie mich hart, ich sollte es ihnen doch einmal vormachen, denn sie vermöchten sich nicht zu denken, daß jemand dies ekle Gewürm zu essen vermöge – und schon hatte das Peterle solch Tier angebracht. Da ging es um meinen Ruhm und die Gläubigkeit meiner Anhänger, und ich mußte tun, wovor mir doch ekelte. Ach, was schwoll das alte Schandtier in meinem Maule immer dicker auf, was schmeckte es bitter und schleimig und salzig –: »Was machst du denn für ein Gesicht!« rief das Mariele. Das Peterle aber sperrte Augen, Mund und Nase auf und rief: »Jetzt glaube ich, daß du wahrhaftig ein Waldzwerg bist, der sogar Feuer speien kann!« Solche Anerkennung machte das Schlucken ein wenig leichter, doch war ich von da an im Lügen bedachtsamer.

In diesem Jahre hatten die Waldhasen zweimal gesetzt und die Waldvögel zweimal gebrütet. Da hoppelte, schwirrte, flatterte, sang es allerorten, in jedem Busch, Baumgeäst, Grasbülten – und unsere Ohren und Äuglein hatten ihre Wohltat daran. Dennoch aber bekamen wir

Kinder unsern ersten Streit hiervon, und den gleich so mächtig, daß wir ganz auseinander gerieten und all meine Waldzwergenherrlichkeit schmählich zugrunde ging.

Denn eines Tages, da es stark geregnet hatte und Feuchte von jedem Blatt und Ast rann, und der moosige Waldboden war naß wie eine Leilachbleiche – da sprach das Peterle recht verdrossen über unserm kalten Köhlermahl aus Kröten und Grashüpfern: »Ach, wie grimmet mich mein Bauch! O weh, wie zwackt es in meinen Gedärmen! Wie lind würde mir jetzt ein gebraten Waldhäslein tun oder ein rechter, fetter Krähennestling!« Ich – nicht begreifend, er meine es ernst – schob ihm einen Bachkiesel hin und drei Kienäpfel. »Hier, mein getreuer Mitköhler«, so sprach ich. »Hier hast du einen schönen, jungen, gebratenen Waldhasen und drei geschmorte Krähenvögel. Der mächtige Waldzwerg hat alles in seinem Vermögen.« Er aber stieß meine huldreichen Gaben unmutig in das Moos und rief: »Ja, was du schon hast, du großmächtiger Waldzwerg! Steine, Moos und Schnecken! Wo ist denn dein Palast, in den du uns zu führen verheißen, und wo ist der Goldbrocken, den du dem Mariele versprochen?! Kröten und Kienäpfel sind all deine Kunst! Nein, komm, Mariele, wir wollen Nester ausnehmen, und vom Vater holen wir uns eine glühende Kohle. Da machen wir uns ein warm Feuerlein und braten und schmurgeln für unsere kalten Bäuche!« Damit sprang er auf und lief in den Wald, und das Mariele lief hinterdrein, als sei ich gar nicht da.

Ich aber stand sehr bestürzt ob des Aufstandes meiner getreuen Untertanen, und mir ging's völlig wie manchem Fürst, der beim fleißigen Festefeiern auch nicht an die knurrenden Bäuche seiner Landeskinder denkt. Schließlich aber ermannte ich mich und folgte ihnen verstohlen, und das war nicht schwer, denn ich hörte sie weithin durch die alten Baumkronen rufen und jubeln. Als ich ihnen aber endlich näher stand – gut gedeckt durch einen Machandelbaum, denn auch meine Untertanen durften's nicht merken, daß ihr Fürst sie so nötig brauchte wie nur noch das frische Wasser –, da stiegen das Mariele und das

Peterle in den hohen Wipfelbäumen auf und nieder, so behende wie Eichkater, und entschlüpfte ihnen wirklich einmal ein schlanker Ast bei ihrem losen Spiel, so hingen sie schon lachend am tiefern, und mit fröhlichen Zurufen machten sie sich Lust und Mut, stets höher zu steigen, sich waghalsiger zu schaukeln, weiter zu schwingen.

Ich aber stand drunten, hinter meinem schwärzlichen Machandel, und indes sie oben in blauer Luft und blanker Sonne jubilierten, fand mich kaum ein blasser Strahl, der mir nicht die Händchen wärmte. Da spürte ich's so recht, was das heißt, einen Buckel mit sich herumzutragen und nie fröhlich und frei laufen, klettern und springen zu können! Da hätte ich wohl in Wahrheit, und sei es nur für einen einzigen Tag, ein mächtiger Waldzwerg sein mögen! Nicht aber hätte ich mir Gold und Edelstein gewünscht, hinlangend für ein ganzes Leben, sondern nichts wie dieses: einen Tag lang meines Buckels ledig zu sein, gradgewachsen wie die andern, fröhlich wie die andern. Und alles, was ich schon durch Macht, listigen Geist, Verstellung und Geld im Leben erfahren, hätte ich in dieser Stunde willig hingegeben und für ewig darauf verzichtet, wäre ich damit solch törichter, unerfahrener Köhlerbub geworden wie das Peterle.

So stand ich – wie noch manches Mal in meinem Leben – im Dunkeln, und Trauer und Sehnsucht bewegten mein kleines Herz, daß es zitterte. Indem aber tat das Peterle einen besonders lauten Juchzer und schrie: »Ich hab's! Ich hab's!« Da rief das Mariele aus einem andern Geäst fast neidisch: »Hast du's? Was hast?« – »Krähenvögel! Viele! Viele!« – »Wie viele?« sang das Mariele, selber wie ein kleiner Vogel, aber keine Kräh, sondern eine Lerche, aus seinem grünen Wipfel. »Drei, fünf, zwei!« rief das dumme Peterle, das mit seinen neun Jahren doch noch nicht die Finger einer Hand hinabzählen konnte. »Bring sie sachte abwärts!« sang das Mariele. »Nein, wart, ich helf dir, daß du unsere Braten nicht zerdrückst!« Und sie rauschte durch die Blätter ihres Baumes.

Da faßten mich Zorn und Trauer ob der unbotmäßigen

Untertanen, und ich schrie aus meinem Machandel: »Wollt ihr wohl meinen Waldtierlein nichts tun?! Hab ich's euch nicht verboten, ihr ungezogenen Kinder?!« Doch das Peterle, das wohl grade beim Nestausnehmen war, rief zornig: »Oh, du dummer, langweiliger Waldzwerg! Komm doch herauf und weise deine Macht, da werde ich dich wichsen!« Und er tanzte in dem Baum, daß die Kienäpfel um mich prasselten, und zum Überfluß warf er auch noch das ausgeleerte Vogelnest nach dem Machandel, aus dem er meine Stimme gehört. Da raubte mir der Zorn den Verstand und ich rief drohend: »Warte, du Böser! Nun werde ich zur Strafe erst deine Nestlinge und dann dich verzaubern – warte du nur!« Er aber antwortete mit nicht minderem Zorne – denn er konnte wegen der jungen Vögel in seiner Hose nicht eilig vom Baume: »Mach hurtig, Mariele, und halte ihn, bis ich komme! Im Machandel steckt er – ich sehe eine Ecke von seinem scharlachenen Rocke!« Und schon hörte ich auch das Mariele von seinem Baume abspringen und gegen mein Versteck anlaufen.

Da mußte ich huschen und schleichen, mich zu bergen, denn wenn das Peterle mich so in seinem Zorn erwischt hätte, hätte es mich gewalkt, und bekam ich auch nur einen Schlag, so war's mit meinem Ruhm und meiner Macht für immer dahin. Da bereute ich bitter meine zornigen Worte und daß ich eitel mit meiner Zaubermacht geprahlt. Aber das half mir nichts. Was einmal die Zunge unbedacht aus dem Munde geworfen, bringt keine Reue zurück, und ich lief. Ich lief aber nur wenig und leise und achtete auf jedes Ästelein, daß es nicht knackte, indes das Mariele und dann auch das Peterle recht täppisch durch die Büsche trapsten und sich noch zuriefen: »Hier ist er nicht!« – »Und hier auch nicht!«

Schließlich, als sie des Suchens müde geworden waren, sagte das Peterle recht verdrossen: »Ach, laß den dummen Zwerg! Wir braten jetzt besser unsere Vögel.« Da schlich ich mich näher und sah sie stehen und die Vöglein betrachten und hörte das Mariele sagen: »Schön fett sind sie – die sollen uns wohl munden!« Da ward ich wiederum zornig, denn daß auch das Mariele, die doch so sanft zu lenken schien und mir immer botmäßig gewesen war, mein Verbot so leicht in den Wind schlug, das wollte mir gar nicht gefallen. Die Kinder gingen eilig durch den Wald in immer dunklere, ganz unbekannte Gründe; ich folgte ihnen eilig, doch behutsam. So mühselig der Weg meinen wackligen Beinchen wurde, ich folgte ihnen unentwegt nach, und wenn ich einen schwarzen, runden Stein am Wege sah, so bückte ich mich danach und schob ihn in den Hosensack.

Über uns wurden die Tannen immer größer und dunkler, daß sie fast alles liebe Himmelslicht aussperrten, und manchmal wollte mich fast Angst um den Heimweg pakken. Dennoch ließ ich nicht ab, den beiden nachzuschleichen, bis sie in einem kleinen Tale haltmachten, wo ein Bach rann und es ein wenig heller war. Da sprachen sie miteinander und so laut, daß ich alles gut vernehmen konnte, woraus ich sah, daß sie wegen meiner Gefolgschaft keinerlei Arg hatten. Der Bub aber sprang davon, sich zum nahen köhlerischen Meiler und Hause zu schleichen, das Mädele aber riß den Vögeln den zarten Flaum von der Haut und trug Reiser für ein Feuerchen. Ich saß nahe unter einem tiefhängenden Tannenzweig und hätte schon gut tun können, wonach es mich gelüstete, aber es schien mir noch nicht rechte Zeit.

Indem kam das Peterle zurück und trug sacht in einem irdenen Topfscherben ein glühendes Stücklein Meilerholz. Das schoben sie unter die Reiser, daß die Flamme hübsch zu tanzen und zu wispern anfing. Als sie aber heller lohte und schwatzte, legten sie flache Steine, deren es genug im Bache gab, in die Glut. Dem Peterle, das alles schnell haben wollte, wurden die Steine längst nicht rasch genug heiß, und es fragte wohl an die zehn Mal das Mariele: »Jetzt sind sie aber arg heiß, was, Mariele?!« – »Noch nicht, Peterle«, sprach's Mariele. »Erst müssen sie sein wie mit einer glasigen Haut.« Endlich aber war's soweit, und auf jeden Stein legten sie einen Krähenvogel.

Und wieder fing das Peterle an zu drängen und zu treiben: »Ach, wie schmurgelt und brutzelt das schön! Ach, wie riecht das süß, Mariele! Ach, das schöne Fett, das vom Steine rinnt! Ist's noch nicht gut, Mariele?« Und er langte mit dem Finger ins Fett und leckte.

»Oh, du dummer Bub!« rief das Mariele endlich ungeduldig. »Kannst denn nicht warten?! Sie sind ja innen noch roh!« Das Peterle aber jammerte: »Ach, Mariele, laß mich doch nur eines kosten! Laß mich nur einmal mit der Zunge darüberschlecken! Das Wasser läuft mir ja schon aus dem Munde! Ich kann's nicht mehr aushalten, wenn ich sie so vor mir seh!« – »So mußt halt wegsehen«, sprach das Mariele recht kaltschnäuzig. »Ich bring's und bring's nicht über mich!« jammerte der Bub. »Sie lachen sich grad in meinen Schlund hinein!« Und er faßte nach einem Vogel. Doch das Mariele schlug ihm derbe auf die Finger. »Wirst dir die gute Kost verderben, du Narr!« schalt sie. »Komm, faß mich an, wir stellen uns mit dem Rücken zum Feuer, und wenn's Zeit ist, rufe ich: Zugelangt!« So taten sie, und damit das Peterle sich nicht mit Umschauen in neue Bedrängnis bringen konnte, legte das Mariele den Arm um seinen Hals.

Da war meine Stunde gekommen. Mit Zittern, aber doch schob ich mich hervor unter dem Tannenast; mit Zagen, aber doch schob ich rote Schildkröt mich zum Feuerchen, das nur noch gelinde glostete; mit Angst, aber doch faßte ich die Brutzeltierlein, achtete der Hitze nicht, schob sie in den Hosensack und legte ein schwarzes Steinlein nach dem andern an ihre Stelle. »Ach, wie riecht's so gar lecker!« jammerte das Peterle wieder. Da kroch ich schon heim unter mein Tannendach. »Gleich wird's dir noch leckerer munden«, tröstete das Mariele. »Eins, zwei, drei, das Warten ist vorbei!« Und sie drehten sich beide um und griffen nach den Vöglein.

Doch ihre Hände wurden so langsam wie ertappte Diebeshände, ihre Blicke sahen auf die Steine, den Waldrand, aufeinander. »Peterle!« flüsterte das Mariele. »Ich seh nur einen schwarzen, runden Handstein – was siehst du?« –

»Dasselbige, Mariele, dasselbige«, flüsterte das Peterle mit ganz weißer Nase. Indem fing ein Häher dichtbei laut an zu lachen, und laut lachend floh er tiefer in die Forst. »Das ist er!« schrie das Peterle. »Das ist der verdammte Waldzwerg, der uns die Vöglein hat verzaubert. Oh, daß du nie selig werdest, du alter, böser, häßlicher Zwerg, du!« – »Halt ein, Peterle, halt ein!« rief angstvoll das Mariele. »Sonst macht er sein Wort wahr und verzaubert auch uns!« – »O weh!« klagte da das Peterle. »Ich fühl's! Ich fühl's in meinem Magen! Habe ich mir doch die Finger abgeschleckt und geleckt von dem süßen Fett, das übergeträufelt – und nun liegt es mir wie ein kalter, schwarzer Stein im Magen! O weh, weh, weh . . .« – »Komm doch, mein Peterle, komm doch!« tröstete ihn das Mariele. »Komm heim ins Haus, leg dich ins Bettstroh. Bettstroh wärmt dir den Leib, Wärme schmilzt den Stein, schmilzt der Stein, weicht der Schmerz!« So ihn ständig tröstend führte sie ihn fort, er aber stöhnte wie von übermächtigen Schmerzen, und ich saß voller Freude über die gelungene List unter dem Tannenzweige, aß die Bratvögelein mit gutem Hunger, eines um das andere, und meinem Magen taten sie nicht weh.

SIEBZEHNTES KAPITEL
Wie ein Köhler ohne Köhlerglauben und ein Kienmichel
mit dem mächtigen Waldzwerg umsprangen

Ich will nicht weitläufig berichten, wie ich an jenem Abend meinen Heimweg gesucht durch den immer dunkler und endlich ganz nächtlich werdenden Wald, wie ich ein schockmal in die Irre gelaufen und meine Kehle heiser geschrien nach einem abermals helfenden Vater. Ach, mein Hilfegeschrei ertrank völlig in dem stillen, gewaltigen Rauschen und Sausen der Wälder, und hielt ich einmal inne, auf Antwort zu lauschen, erreichten mein Ohr allerlei Nachtgeräusche, die wohl nichts gewesen sind als das

Knacken eines Zweiges unter den Füßen eines Rehs, das Rauschen trockener Blätter beim Stöbern eines Igels oder das Flügelschlagen eines schlaftrunkenen Vogels auf seinem Ast. Dann fing ich großmächtiger Waldzauberzwerg über alle Kräfte von neuem zu laufen und zu rufen an, bis mich mein im Halse pochendes Herz zu abermaligem Stillstand zwang, der mich doch nur wieder von neuem erschreckte. Aber ich müßte lügen, wollt ich sagen, daß, was ich getan, mich nun reute. Nein, daß ich den beiden einen rechten großmächtigen Begriff von meiner Zaubermacht gegeben und ihnen eine Angst über alle Ängste eingejagt, das machte mir meine eigene Angst vergleichsweise leicht, und nicht schien sie mir zu teuer bezahlt.

Nun, meine Wallfahrt zum trostreichen Vater nahm schließlich ein rasches Ende, denn ich rannte mit meinen schwachen Beinchen auf der Flucht vor etwas, das meinen erschreckten Sinnen als ein wildes Waldschwein erschien, das aber wohl nur eine hungrig raschelnde Waldmaus gewesen, gegen einen Wurzelstumpfen. Hin fiel ich – da aber der Stumpfen an einem Höhenrand gestanden, was ich vor lauter nächtlicher Dunkelheit nicht gesehen, so berührte ich auf der andern Seite wohl die Erde, aber nicht um auf ihr zu rasten. Sondern ich fuhr bergab talwärts, einen steilen Hang hinunter, bald mich um meine Achse drehend wie ein rasches Scherenschleiferrad, bald auf dem Bauche dahin, wie's die Schlangen tun, und bald auf dem Buckel wie kein ander lebend Geschöpf, immer aber schreiend und dabei blöde denkend: Nun geht's verquer! Nun ist's vertan!

Als ich aber wieder erwachte und mit noch halben Sinnen und kaum geöffneten Augen meine Umwelt zu mir einließ, meinte ich wirklich, in einem Zauberschlosse zu sein, so süße Melodie, wie ich sie nie gehört, sang um mich. Mühsam entsann ich mich meiner nächtlichen Irrwege, meines Sturzes und der kläglichen Talfahrt – nun aber sang es um mich mit den zartesten Stimmchen, als läuteten Silberglöckchen, als hätten die Elfen aus den Mären der Menschen Stimme bekommen. Still lag ich in der lieben Sonne, die mir so wohlig Hände und Gesicht wärmte. Der Chor der Stimmen verstummte, leise raschelte es wie von trockenem Schilf, sanft rauschte es wie eine helle Welle – und nun setzte die erste Stimme wieder ein, silberhell sanft, als singe die selige Mutter Sonne selbst. Andere folgten, feierlich und doch kindlich fröhlich klang es, ein Loblied auf Sommer und Wärme, als singe nun die liebe Erde im Chor. Nie noch hatte ich solches gehört, ich gab mich ganz daran hin, Widriges verwehte – dann öffnete ich die Augen.

Die Sonne tanzte, ein strahlender Ball, hoch über mir auf den Wipfeln alter Kiefern, die einen steilen, hohen Hang hinauf standen, denselben, den ich heute nacht wohl hinabgefahren. Flutendes, goldenes Licht erfüllte die ungeheure, blaue Himmelskuppel und wärmte bis zu mir, der ich am Rande eines kleinen Weihers im trockenen Schilfe lag. Zwischen den Stengeln des Schilfes hindurch sah ich das reine Wasser blitzen und blinken, und aus ebender dünnen Stengelwildnis klangen auch die silbernen Stimmchen, die mich aus meinem Betäubungsschlafe geweckt. Trieben wahrhaft Elfen ein sommerlich Spiel? Läuteten Blumenglocken zum hohen Früchtefest des Jahres? War den helle glitzernden Fischlein in einer Morgenstunde Stimme verliehen, ihren Schöpfer nach so langer Stummheit zu loben? Ich bog, fast zitternd vor dem glückseligen Abenteuer, die Halme sachte auseinander und spähte. Aber was ich enttäuscht sah, war nichts als das große sperrige Nest eines Wasservogels, in dem sechs oder sieben gelbe Daunenbällchen saßen. Sie wandten mir alle ihre gelben Köpflein zu, verstummten und sahen mich mit ihren runden, grellen Augen an. Fast betrogen kam ich mir vor, Zorn erfüllte mich. Daß diesen Tierlein, die in wenigen Wochen schon zu widrig schnatternden Tieren geworden, in ihrer frühesten, törichten Jugend solche über alles Begreifen zauberische Stimme verliehen, schien mir ganz töricht und sinnlos. Nun fing, von meiner Ruhe getäuscht, eines wieder an zu singen, ein zweites fiel ein. Eine Hinterlist war es, ein Betrug!

Ich weiß nicht, ob ich damals schon daran gedacht oder ob ich erst später es dazu spintisiert: Die silberne Stimme der Gösselkinder war so recht vergleichbar meinem schönen dunklen Vreneli und meinem milden sanften Mariele, die mich doch beide betrogen und verraten. Gewiß weiß ich: Mich kam die Lust an, diesen Nestlingen zu tun, was das Peterle gestern den jungen Krähenvögeln getan, und wenn ich's ließ, war's nicht Mitleid mit den hilflosen Sonnensängern, sondern der Gedanke, daß mir die entflammende Glut für ein Bratfeuer völlig abging. Doch streifte ich, von Hunger getrieben, emsig durch das Geschilf, fand auch manches Gelege, auf dem noch keine Ente oder Wildgans saß, hielt die Eier gegen die Sonne, ob sie auch klar seien, und schlürfte sie ohne Reue, als Wohltat für meinen knurrenden Magen.

So gestärkt machte ich mich von neuem auf meinen Heimweg, der mich rasch in bekannte Waldgebiete führte. Nun, da ich wohl gesättigt war und mir vertraute Wege und mancher befreundete Stein am Wegrain sichere Heimkehr verhießen, hatte ich's gar nicht mehr eilig, sondern schlenderte nur vergnügt vor mich hin. Nach rechter Kinderart dachte ich nun gar nicht mehr des sicher sorgenvollen Vaters, der um meinetwillen wohl den ganzen Nachtschlaf zugesetzt und noch immer, statt den so nötigen Lebensunterhalt zu erwerben, nach mir rufend, das weite Waldrevier durchirren mochte. Und als nun gar ein sandiger Birkenweg meinen Heimweg kreuzte, der nach der Stätte unseres gestrigen Streites hinführte, da gelüstete es mich unbezwinglich, den Platz noch einmal zu beschauen, ganz als müsse dort etwas sonderlich Kostbares gefunden werden. Gedacht, getan. Ich ließ den Heimweg weiterlaufen, wie er mochte, nahm den Birkensteig unter meine Füße und stand gar bald an dem alten Platz, wo wir so fein unsere Schneckensuppen und den Krötenbraten schnabuliert, bis des Peterle handfesterer Hunger uns alle Spielsuppen verdorben.

Als ich da so stand und erinnerte und schaute, jammerten mein Herz die achtlos verstreuten Schneckenschälchen und Wassermuscheln, auch die schön genarbten Trinkbecherchen, von reifen Eicheln abgestreift, aus denen allen wir die reinste Kinderfreude gegessen und getrunken. Auch lagen da die feinen Mooswedel, mit denen das Mariele schon ganz nach Frauenart unsere Plätze zierlich geschmückt. Rasch entzündete sich meine Einbildungskraft an all dem, schon meinte ich, eines der Zwerglein zu sein, die ein Schneewittchen bewirten müssen. Eilig rückte und ordnete ich, legte zu und rüstete zierlich, hielt auch einmal inne und prüfte, ob auch alles gefällig genug für meinen erlauchten Menschengast sei, und dachte mir das Schneewittchen dabei ganz wie das Vrenerl oder das Mariele oder doch lieber als das Vrenerl. Denn ich weiß, ich habe dabei ein Liedlein gesummt, das dazumalen sehr im Schwange gewesen:

»Zu Schalkemaren haben's die Hex verbrannt –
Wanne, wanne, wei!
Da kam der Pfarrer angerannt –
Wanne, wanne, wei!
Die Hex brennt in der Höllenflamm –
Wanne, wanne, werr!
Doch ich tret ihre Erbschaft an –
Amen! sprach der Herr.«

Und so fort durch alle Verse.

Über dem gefielen mir meine Müschelchen nicht mehr, die alles Reiben an meinem roten Wams nicht vom gestrigen Regenschmutz befreien konnte. Ich raffte sie eilig in der Hand zusammen, sie am nahen Seeufer zu waschen, sprang ins Gebüsch und stand – Amen! sprach der Herr – vor meinen beiden ungetreuen Untertanen! Wehe, unser aller Schreck war gewaltig. Da erschrak der Hase vor dem Kaninchen und die Maus vor dem welken Raschelblatt – und eine ganze Weile vermochte keines von uns dreien ein Wort zu sprechen. Schließlich aber war es das sanfte Mariele, dem zuerst die Sprache wiederkam. Mit zornroten Wangen rief sie: »Da stehest du böser Zwerg und freust dich wohl gar noch unseres Unheils! Dem armen Peterle hast du einen schwarzen, kalten Stein in die Gedärme gezaubert, daß er vor Schmerz fast vergeht und die ganze Nacht vor Ächzen keinen Schlaf fand. Gleich befreiest du ihn oder du sollst sehen, daß wir solch windigen Zwerg trefflich verdreschen können!« Und wie zur Bestätigung ihrer Worte ballte das sterbensbleiche Peterle seine Hände, ächzte aber dabei so kläglich, als säße ihm nicht ein wenig Krähenfett im Magen, sondern irgendein fressend Tier.

Darüber mußte ich fast lachen, sprach aber mit verstelltem Ernst: »Wie kann das Peterle denn Schmerzen in seinem Bauche haben, da ich doch, verkleidet in einen Häher, euch noch grade rechtzeitig die Tiere von den heißen Steinen gezaubert?! Er wird doch nicht in unmäßiger Gier solch heißen Stein verschlungen haben –?!« Über meine strengen Worte gerieten die beiden in große Bestürzung, zitterten und klagten und gestanden mir's endlich, was ich schon wußte, daß das Peterle ein weniges vom süßen Fett geleckt. Da heuchelte ich arge Besorgnis, es sei dies sehr schlimm und kaum zu heilen. Ja, es möge wohl das verwandelte Fett immer weiter in ihm fressen, bis er völlig leer geworden sei wie eine taube Nuß oder ein aufgeblasenes Ziegenfell. Das komme aber davon, daß sie meine Gebote nicht gehalten, meine lieben Waldtierlein gegen ihr Versprechen geschädigt, ja, mich gar verfolgt und an Leib und Leben bedroht hätten. Ich sei solch unfolgsamer Kinder herzlich satt, und sie möchten nur zusehen, wie sie aus eigener Kraft des fressenden Übels in des Peterle Bauch Herr würden. Viel Hoffnung sei freilich nicht.

So jagte ich sie aus einer Angst in die schlimmere, und je mehr sie sich ängsteten und je mehr ich mit ihnen schalt, um so echter wurde mein zu Anfang doch nur verstellter Zorn, und am Ende war's, als spräche ich völlig die Wahrheit, sei ein mächtiger Waldzwerg und von zwei unguten Kindern in meinen liebsten Waldtieren geschädigt. Sie aber weinten sehr, kein Gedanke war mehr daran, mich windigen Zwergen zu walken, und sie hätten mir in aller Demut und Dienstwilligkeit wohl gar die liebe Sonne vom Himmel geholt, hätten sie's nur vermocht, um mir ihre Gutwilligkeit zu beweisen. Je demütiger sie aber wurden, um so herrischer wurde ich Kind, das noch kein Maß kannte, und am Ende stampfte ich mit dem Fuß auf, als sei nun ein Punkt dahintergesetzt, und drehte mich in die Büsche, zum Zeichen, daß alles vorbei. Sie aber stürzten mir nach und hielten mich an den Händen und am Saum, mit ihren Tränen netzten sie mein rot Mäntelchen und flehten mich an, doch ja dem Peterle den schwarzen Stein aus dem Bauche zu zaubern. Da hab ich's recht am eigenen Leibe erlebt, wie hart ein Menschenherz gegen das hilfeflehende Bruderherz zu sein vermag: Lange ließ ich sie vergebens bitten, flehen und weinen, und als ich mich schließlich doch erweichen ließ, da durfte die Entzauberung auch nicht leicht sein. Sondern ich ließ sie zusammentragen: Regenwürmer, Käfergetier, Frösche; stieß alles auf einem Stein zu Brei und befahl dem Peterle mit harter Stimme, dieses ekle Mus zu schlucken, sonst werde es nie genesen.

Ihm würgte es fast den Magen aus dem Hals, aber ich ließ nicht ab, zu befehlen und zu drohen, bis er sterbensbleich sich zum ersten Bissen anschickte. Da aber rief eine Stimme mit Donnerschall: »Halt, Peterle!« aus den Büschen, und hervor trat eilends aus ihnen ein großer, schwärzlicher Mann mit wildem Bart. Die Kinder riefen »Vater!«, er aber, ihrer nicht achtend, griff mich, hob mich trotz allen Zappelns hoch in die Luft, nahe vor sein Antlitz, sah mich mit seinen dunklen, doch glühenden Augen an und sprach böse: »Was bist du denn für ein giftiges Gewürm, daß du deine Spielkinder so ängstigen und quälen magst?! Die halbe Nacht habe ich das Peterle in seiner Kammer über dich ächzen und weinen hören, und hätte ich es eben nicht mit eigenen Ohren angehört, nie hätte ich geglaubt, daß ein Kind das andere so aufs Blut quälen kann! Neidest wohl den Meinen ihren graden Wuchs, du häßlicher Buckel?« Und dabei schüttelte er mich heftig.

Ich aber nahm alle meine von den Bettlern erlernte

Frechheit auf einen Haufen und sprach: »Lasset mich fein gehen, Herr Waldköhler, denn ich bin ein mächtiger Waldzwerg, und leicht möchte es Euch ergehen wie Euerm Sohne, dem Peterle, wenn Ihr meinen Zorn reizet!« Da schüttelte er mich wiederum und drückte mich so fest, daß mir fast die Sinne vergingen. Dazu lachte er böse und sprach: »So bist du also ein mächtiger Waldzwerg?! Du rechnest wohl mit meinem Köhlerglauben? Mir aber scheint ganz, du bist der Sohn des Kienmichel, der ihm schon so manchen herzabdrückenden Kummer gemacht. Ihr dummen Kinder«, schalt er die Seinen, »habt ihm wohl gar sein Lügengefasel geglaubt? Nur ein buckliger Zwerg ist das, in Schalkemaren hat er unter den Hausgängen um Kupfer gebettelt und mit Stänkern und Lügen sich so aufgeführt, daß sie ihn in einem Käfterchen auf dem Dach des Pissehauses ausgestellt. Dir aber«, sprach er nun wieder zu mir, und zürnend, »will ich, da die erste Lehre in der Stadt nichts gefruchtet, nun im Walde das Gebot ›Du sollst nicht lügen‹ mit den Fäusten auf den Buckel schreiben.« Und er hob schon die Faust.

Da merkt ich, es war Prügels Erntezeit, und rief in höchster Not: »Wahrschau die böse Schlange, die das Peterle ins Bein beißen will!« – »Was?!« schrie der Köhler verdutzt, und das Peterle sprang vor Schreck seinem eigenen Schatten fast auf den Kopf. Indem war ich auch schon aus den Händen des verblüfften Köhlers nieder zur Erde und rannte auf das nächste Gebüsch zu wie um mein Leben. Schon hatt ich's erreicht und, einmal fort, hätten die lange nach mir suchen können. Da aber trat's mächtig durch die Zweige, mein Vater fuhr heraus, faßte mich und schrie: »Hab ich dich endlich, Wizzel?! Die ganze Nacht bin ich voll Angst durch den Wald um deinetwillen gelaufen! Tausendmal hab ich dich tot gesehen, zerschlitzt vom Gebrech eines Ebers, geforkelt von des Hirschen Geweih, ertrunken im See und erstickt in einem Moorloch, und du tappst hier gedankenlos im Spiel mit anderen Kindern?! Ich wollte dich doch –!« Und dabei schüttelte und zwängte er mich nicht weniger derbe als der Köhler.

Der aber schrie: »Recht so, Kienmichel, gib es ihm tüchtig. Und sollte dir der Arm lahm werden, so reiche ihn mir herüber! Ich habe ihm auch eine Rechnung auf den Buckel zu schreiben, denn auch meine Kinder hat er mit erlogenen Zaubermären fast von Sinnen geängstet.« – »Hat er das, Köhlergottlieb?« schrie mein von der Angst völlig verwandelter Vater. »So sollst du ihn auch walken dürfen.« Und er schwang mich durch die Luft hin zum Köhler, der mich geschickt auffing und seine Hände wie Schlegel auf mir tanzen ließ, als sei ich das Kalbfell in der Trommel. Da meinte ich, jeder Knochen breche mir im Leibe, und ich schrie und jammerte gewaltig. Doch mein Vater rief: »Halte ein, Köhlergottlieb, und wirf ihn mir noch einmal her! Grad fällt mir ein, wie ich mir die Schienbeine heute nacht blutig geschlagen – dessen soll er auch gedenken.« – »Recht hast du, Kienmichel«, rief der Köhler, »und darum sollst du recht behalten. Fang ihn!« Und damit flog ich zurück durch die Luft, und mein Vater empfing mich nicht weniger kräftig.

So hätten sie's wohl noch lange getrieben und mir die Seele aus dem Leibe gepocht, hätte sich nicht das Mariele mit vielen Tränen und Bitten meiner angenommen. Sein weiches Herz erbarmten die derben Schläge und mein jämmerlich Geschrei, es hing sich an meines Vaters Hände, und da ich zudem noch mich fest in seinen damals ziemlich länglichen Bart gekrallt, damit auch er nicht ganz ungeschoren ausginge, ließ er ab vom Schlagen, schulterte mich und machte sich nach kurzem Gruß an den Köhlergottlieb mit mir auf den Heimweg.

Als ich da nun auf seinen Schultern ritt, mit Schmerzen in allen Gliedern, wollt es mir gar nicht eingehen, daß grade mein sanfter Vater, von dem ich solches nie erfahren, meine schon listig bewerkstelligte Flucht verhindert und gar mit Schlägen den Anfang gemacht. In meinem kindischen Unverstand wollt ich's nicht wahrhaben, daß ich die derben Prügel wohl verdient, bedachte auch nicht, daß wohl die liebevolle Angst ihm die Hand geführt, sondern wie mich am meisten die Auflehnung der Kinder erzürnt, so empörten mich jetzt nicht die Prügel sosehr wie das plötzliche Aufhören der alles verzeihenden väterlichen Liebe. Ich heizte mich also in einen kräftigen Zorn auf ihn und fing dann an, ihn erst sachte, dann immer stärker an den Kopfhaaren zu reißen. Eine Weile ertrug's mein Vater geduldig, dann sprach er ernst:»Wizzel, wenn's donnert, verstecken die Gänse am besten die Köpfe. Es hat noch nicht ausgedonnert, mein Wizzel!« Ich verstand's, mein Hintern verstand's auch, und einträchtig ritten wir durch den Wald nach Haus.

ACHTZEHNTES KAPITEL
Wie das Mäuslein Blitz zum Wizzel kam
und wie eine Wetterplitzische Kuh ihm Gesellschaft brachte

Nun war's wieder still und öd für mich im großen, grünen Walde, und jeder liebe lange Tag war recht böse und grämte mich, da ich ihn so allein verbringen mußte. Mein Vater freilich, nachdem er mich von seiner Schulter gesetzt, tat mir den Morgenbrei in den Napf und ließ mich nicht weiter entgelten, was geschehen. Sprach auch kein Wörtlein mehr darüber, hatte aber trotzdem bei all seiner Arbeit ein wachsam Auge auf mich und ging mir stets hurtig nach, hatte er mich eine Weile nicht gesehen. Dann faßte er mich beim Händchen und führte mich wieder auf die Rodung. Er sprach kein Wort dabei, oder er sagte auch etwas wie: »Bleib nur bei Vater, Wizzel. Die andern verspotten dir nur deine Gestalt – mir bist du schon recht!« Er hätte keine Angst zu haben brauchen, der Vater, es zog mich nicht zurück zu den Köhlerskindern. Wo man einmal Herr gewesen ist, da ist's ganz unleidlich, als Knecht zu dienen. Aber die Tage waren endlos lang, und half ich ihm auch einmal beim Kienspeilerschneiden, verdrießte mich solche Arbeit doch immer wieder schnell. Konnte es auch nie verstehen, daß mein Vater solch mühselig und uneinbringlich Geschäft für sich gewählt und dabei geblieben, da doch tausend Schelme recht gut von ihrem Witze lebten, ohne ihre Hände zu ermüden.

Waren aber schon die Tage draußen in der Sonne beim arbeitenden Vater schlimm für mich, wie wurde mir erst, als mein Vater mich eines frühen Morgens in unsere Hütte führte mit den Worten: »Bist fein brav, Wizzel. Ich geh heute auf Schalkemaren«, die Türe schloß und von außen noch einen festen Balken dagegenstemmte, daß ich gar nicht entrinnen konnte. Wie ich auch durchs Fensterlein bat und flehte, er möchte mich doch mit sich nehmen, und sei es auch nur bis zum letzten Waldsaum, von dem die Türme Schalkemarens zu sehen, er antwortete mit keinem Wort, schulterte die Kienkiepe und wanderte dahin. Da saß ich nun im dunklen Loch, ganz allein mit mir, und am liebsten hätte ich im ersten jähen Zorn das Häuschen verbrannt. Nur hatte der Vater Wasser ins Feuer gegossen und Zunder und Stein mit sich genommen. Da es hiermit nichts war, nahm ich das große Waldmesser und ging die Türe an. Doch noch vor der ersten Blase in der Hand wurde ich dessen müde, brüllte ein weniges und schlief dann ein.

Als ich wieder erwachte, hatte ich Hunger, aß, was eßbar, und versuchte nun das Fensterlein. Aber mein Buckel war wider die Flucht. So versuchte ich es mit dem Rauchloch im Dach, fiel aber dreimal zurück auf den Herd und holte mir nichts als Beulen auf dem Leibe und Flecke in meinem roten Rock. Da es oben und an den Seiten nicht ging, sollte es mir unten geraten, und der Hüttenestrich war freilich nur der festgetretene Waldboden. Da mußte wieder das Messer heran, und ich schaffte wie ein Narr, der ich ja auch war, denn ich arbeitete um etwas, das ich alle Tage verachtet: vor der Hütte in der Sonne herumlaufen zu dürfen.

Aber ich vergaß es wieder, denn ich geriet auf einen kleinen Erdgang, und als ich ihm nachgrub, auf ein Loch. Und in dem Loch saßen sieben blinde, nackte, fein piepende Mäuse. Die betrachtete ich lange, und darüber piepte es schriller, und die Alte, was die Mausemutter war, kam herzugefahren und sah nach ihren Kindern, ob ich ihnen auch kein Leides getan. Sie war mit mir zufrieden, und nachdem sie eine Weile unruhig hin- und hergeschlurft, auch durch ihren Notgang ins Freie gehuscht, legte sie sich auf die Seite und bot ihren Kindlein das Gesäuge. Ich hatte solches noch nie gesehen und betrachtete es eindringlich, und es gefiel mir. Nach einer Weile stand ich behutsam auf, tauchte meinen Finger in den Honigtopf, setzte mich wieder zu den Mäuslein und schob die süße Fingerspitze gegen die Mutter. Sie wollte fort, aber die Jungen hingen an ihr, auch war ich recht achtsam und sanft, und so gelang es mir. Erst witterte sie nur mit dem Näslein, dann streckte sie das Zünglein, und nicht lange, so schleckte sie an meinem Finger, wie ihre Kinder an ihr schleckten.

Nun verbrachten wir den Tag gemeinsam, und ich fühlte keine Beschwer mehr ob meines Eingesperrtseins. Denn wir machten große Fortschritte in unserer Freundschaft, und wo ich auch war, wenn ich pfiff, kam die Maus gelaufen, huschte an mir hoch und lief bis auf meinen Finger, wo sie Süßes schleckte. Als es dunkelte, legte ich mich ganz getröstet nieder und wünschte fast, mein Vater machte von seinem Kiengeld eine rechte Gurgelfahrt und käme auch den nächsten Tag nicht, damit ich mein Mäuslein lehren könnte, mir den Honig auf einen Pfiff vom Munde zu lecken.

Mein Wunsch ging in Erfüllung, denn mein Vater kam auch am nächsten und dann auch nicht am dritten Tage, und ich wäre wohl fast verzweifelt im engen Hüttenraum, hätte ich mein Mäuslein Blitz nicht gehabt, das so vertraut mit mir tat, als wäre ich seine Mutter. Es richtete sich sein Nest in meinem Hosensack, und als am dritten Tage seine Jungen sehend waren und auch umherzulaufen anfingen, führte es sie zu mir, als müßte es so sein, und wenn ich pfiff, kamen sie alle gelaufen, eines immer schneller als das andere und schleckten den Honig.

Am vierten Tage aber wollte mich fast Sorge ergreifen, denn der Essensvorrat ging auf die Neige, und ich dachte es mir aus, wie's wohl wäre, wenn mein Vater, in Unglück geraten, gar nicht zurückkehrte. Wie ich dann hier in der Hütte würde kläglich verhungern müssen. Über solche Aussichten weinte ich ein weniges und schlief schließlich ein. Als ich aber erwachte, meinte ich, noch zu träumen, denn nie gehörter Peitschenton knallte über die Rodung. Dazu hörte ich das Stampfen von Pferden und den Klang vieler Männerstimmen. Eilig wollt ich zum Fenster springen, doch da ging die Türe schon auf, geschwinde atmend fuhr der Vater herein und rief: »Ach du mein Wizzel! Hast du rechte Bange gehabt nach Vater?« Und er faßte und herzte mich und küßte mich. Ich aber antwortete recht kaltschnäuzig: »Laß das! Du tust bloß meinen lieben Mäuslein etwas zuleide!« Doch besann ich mich nach Kinderart rasch, denn alles Neue gefällt uns schon darum, weil es neu ist, und trat mit dem Vater vor die Hütte ins liebe, lang entbehrte Himmelslicht – meine Mäuslein saßen aber im Hosensack oder liefen auf meiner Schulter, wie es ihnen gefiel.

Draußen aber sah ich viele Männer von einem mächtigen Fuhrmannswagen Säcke und Tonnen laden, andere schlugen Bäume, aus denen wieder andere schon anfingen, Hüttenwände zu richten. Einer aber, ein langer, noch junger Geselle in schwarzem Wams und mit bleicher Nase, sprang wie ein Narr auf der Rodung durchs Gras und die Dornen und rief lachend: »O du guter Ritter Wetterplitz! Ach du treffliche Ritterkuh! Du hast das Schlammwasser der Gräben saufen müssen bis zum Verrecken, damit ich mich hier endlich in Gottes freier Natur ergehen kann! Dies danke ich dir!« Und er kletterte auf einen Baumstumpfen, schlug mit den Armen und krähte wie ein Gockel. Die Männer aber ringsum auf der Rodung lachten – doch taten sie es wohlgesinnt.

»Wer ist denn der?« fragte ich den Vater und hörte, daß dieser Närrische ein Schreiber der Stadt sei, zur Aufsicht bestellt über all diese Männer, die nun geraume Zeit auf der Lichtung nach meines Vaters Weisung Kien zurichten sollten für die Stadt Schalkemaren. Wie solches aber gekommen, wie dem armen Kienmichel die Aussicht auf ein artiges Geldlein entstanden, und wie der große Krieg zwischen dem Ritter von Wetterplitz und den Leuten von Schalkemaren seinen ersten kleinen Anfang genommen, das habe ich da als Kind erfahren – richtig verstanden habe ich es freilich erst später.

Nahe bei den Toren Schalkemarens lag, der Stadt gehörig, ein schöner Teich, Schalksee genannt, von Weiden und Pappeln umstanden und wohl gefüllt mit den schönsten Fischen, als da sind: Karpfen, Schleie, Bleie, Rotaugen, Hechte und Aale, die manchem Bürger der Stadt wohl mundeten. Da aber die Zuflüsse des Teiches, vornehmlich im Sommer, unsicher und spärlich waren, war an seinem Ausgang ein Deich mit einer Schleuse gesetzt, daß sie das Wasser aufstauen und für die trockenen Zeiten sammeln konnten, wie es ihnen recht schien. Das war lange Zeit so in aller Güte gegangen, da gedachten einige anschlägige Köpfe, Petri Fischzug zu wiederholen, doch nicht für die Mäuler der Armen, sondern für den eigenen, ewig hungrigen Beutel. Eines Nachts zogen sie ein Netz vor das Schleusentor, brachen's auf, und die Wasser, die eben da hoch standen, entwichen mit großer Eile, Netz wie Fische wie manchen schwach wurzelnden Baum mit sich reißend.

Da konnten, als die Fluten rasch verronnen waren, die Bauern auf den unteren Wiesen manch fettes Fischgericht auf dem Trockenen greifen – und sie taten's auch. Aber es hatte sich auch begeben, daß eine treffliche Kuh, eine Rotschecke, von der Flut ergriffen und in einen tiefen Graben gespült worden war, wo sie dann jämmerlich versoff. Diese Kuh aber war einem Wetterplitzischen Bauern zu eigen gewesen, und keine zwölf Stunden, so hielt ein Wetterplitzischer Herold mit sechs Reitern vor der Stadt und verlangte Schadenersatz und hohe Buße. Den Herren von Schalkemaren aber war es in manchen Friedensjahren recht gut gegangen, sie saßen stolz und fest auf ihren Geldsäcken, vertrauten auf ihre Stadtsoldaten und antworteten darum schnöde: Keiner hafte für den ungesetzlichen Schaden, den Diebe täten. Im übrigen hätten sie einen Brief vom Fürsten Karl, daß sie am Schalksee dämmen und schleusen könnten, soviel sie nur möchten. Möge doch der Herr Ritter von Wetterplitz seine Kühe das Schwimmen lehren, so würde er keinen Schaden erleiden.

Ei, da kochte die Suppe bei dem Ritter von Wetterplitz über! Da aber dazumalen ein Fürst Ulrich die Schwerthand über die gesamten Lande hielt, ein ebenso gestrenger wie listiger Herr, der jeden Streit zuerst vor sein Gesicht gebracht haben wollte, so wagte es der Wetterplitz nicht gleich mit der Fehde, sondern trug seine Beschwerde beim Fürsten Ulrich erst mündlich vor. Der entschied im ersten Punkte gegen die Stadt, denn eine Stadt sei wie *ein* Leib, und wenn an einem Leibe eine Hand oder auch nur ein Finger Böses täten, könne man den Finger nicht allein strafen, sondern die Strafe schmerze stets den ganzen Leib. So auch mit den Dieben. Was aber den zweiten Punkt betreffe, so finde er, der Fürst Ulrich, kein Schriftstück, daß die Stadt dämmen und schleusen dürfe, wie es ihr beliebe, im Schranke seines hochseligen Ahns, des Fürsten Karl, und sie möchten den Brief vor seine Augen bringen. Endlich den dritten Punkt angehend, sei der Stadt aufgegeben, binnen jetzt und drei Monaten eine Kuh, so schwimmen könnte, vor seine Augen zu bringen. Andernfalls diese Antwort als ein Hohn zu achten sei, der ihm mit tausend Goldgulden gebüßt werden müßte. So sorgte der kluge Fürst dafür, daß der Streit vorerst einmal fein in der Schwebe und die Zorngemüter im Schweiße blieben; was aber die tote Kuh etwa an Goldmilch hergab, ihm in den Mund spritzte.

In der Stadt Schalkemaren aber verdrießte diese Antwort keineswegs, denn, so schlossen sie, da sie schleusen und dämmen dürften, wie es ihnen beliebte, dürften's die Schalkemarener Diebe auch, und die Stadt könnte darum keinen Schaden erleiden. Des Bestallungsbriefes aber waren sie sicher, und mit fünf Schreibern stieg der Ratsherr Knipperling auf den dritten Boden des Stadthauses, wo der Brief, als bis dato von minderem Werte, liegen mußte.

Wie aber ward ihnen, als sie große Lücken in den Schränken fanden, ja, manche sich als ganz ausgeräumt erwiesen! Mit Verzweiflung liefen sie umeinander, das ganze Stadthaus geriet in Aufruhr wie ein Bienenschwarm, wenn die Königin sich zum Hochzeitsfluge richtet.

Die einen schoben's auf die Mäuse, die ihre Wochenbetten gerne in kleingenagtem Papiere halten. Die andern gaben den Papiermachern die Schuld, die statt ehrlicher Leinenlumpen allen Dreck, ja, schier die reine Luft in den Papierbrei mengten. Die Phlegmatischen meinten, solch Brief sei wohl nie dagewesen, und darum fiele der Himmel noch lange nicht ein. Die von zorniger Gemütsart aber schworen, der Ritter von Wetterplitz habe sich diesen Brief stehlen lassen. Da sie aber alle so auf dem Boden durcheinanderwuselten, schrien, beschuldigten, greinten, stöberten, Schränke auf- und Türen zuwarfen, mit Papieren raschelten und in ihrem blinden Eifer vieles verdarben, schlurfte der alte, taube Marnekopp, der des Stadthauses Öfen und Kamine versorgte, die Bodentreppe mit einem Handkörblein hinauf, hörte wegen seiner Taubheit von allem Gewirre nichts, achtete auch all der Leute nicht, sondern schob sich an einen Schrank, tat die Türe auf, griff in ein Fach und tat ins Körbchen, was er Papierenes gefaßt.

Einer sah's, stieß den andern an. Der sah's, schwieg stille, stieß den dritten an. Und so ging's die Runde rum, bis sie alle schwiegen und auf den alten Marnekopp starrten. Der aber merkte mit seinen blöden Sinnen nichts, hatte das Handkörblein voll und schob zurück gegen die Treppe. Da aber trat ihm der Ratsherr Knipperling entgegen, hielt ihn an und fragte: »Was tuest du wohl mit diesen Papieren, guter Marnekopp?« – »Ja, ja«, nickte der alte Taube und machte einen Kratzfuß, »parieren muß ein armes Mensch, Herre.« – »Wozu du die Papiere nutzest?« fragte der Ratsherr schon mit stärkerer Stimme. »Ach, Herr«, sprach der Alte gehorsam, »was soll ich mich noch putzen? Von den Weibern schaut eh keines mehr nach mir.« – »Wozu brauchst du dies Papier?!« schrie der Ratsherr Knipperling mit lauter Stimme. »Nein, nein«, antwortete der alte Marnekopp unverzagt. »Euer Kamin rauchet nicht, Herre, diese Papiere halten ihn gut in Gang.«

Da schrien sie alle auf mit erschrockener Stimme und wußten's, wo ihr Bestallungsbrief, und manche Urkunde dazu, geblieben war. Am liebsten hätten sie in ihrem Zorn, vornehmlich der Herr Rat Knipperling, den Alten die Treppe hinabgestürzet, aber die Besonnenen setzten sich dagegen und machten's, daß der Alte vor den Richter geschleppt und peinlich befragt wurde, wie er zu solcher Missetat gekommen sei. Da wurde fleißig geschrien und immer falscher verstanden, schließlich aber doch ans Tageslicht gebracht, daß es schon lange an Kien zum Feueranmachen gemangelt. Wenn aber der alte Marnekopp darum gebeten, habe der oberste Stadtgeldsäckelbewahrer gesprochen: »Mach dir selber Kien, Alter, das Geld ist rar.« Was auch der Alte ganz gut verstanden und wonach er gehandelt.

Dies erfahren, strichen sie den alten Marnekopp mit Ruten, aber nur wenig, wegen seines vorgerückten Alters, jagten ihn fort und ließen meinen Vater rufen, der eben in der Stadt war. Denn nach Menschenart wollten sie den Brunnen recht fest zugedeckt wissen, als das Kind ertrunken war, und bestellten bei ihm eine unerhörte Menge Kien, damit es daran nie wieder mangele auf dem Stadthaushofe. Gaben ihm auch genugsam Leute, Mundkost hinreichend und einen unteren Schreiber mit, der darauf sehen sollte, daß das Kiengeschäft unverzüglich in Gang kam und mit Fleiß fortgesetzt wurde.

Wie aber der Kuhhandel mit dem Ritter von Wetterplitz weiter verlaufen und wie wir Kienmichels immer weiter damit verknüpft waren, wird erst im nächsten Büchlein berichtet werden.

NEUNZEHNTES KAPITEL
Wie Wizzel Kien
unter den Holzknechten Ansehen gewann

Nun begann für mich ein bei weitem anderes Leben im Walde, und ich vergaß zugleich mit der geschwundenen Verlassenheit die schönen Tage, die ich mit den Köhlerskindern Mariele und Peterle verspielt. Jetzt hallte die Rodung immer wider von dem Gelächter und den Rufen der fröhlichen Arbeiter, die sich des Entrinnens aus engen Stadtmauern freuten und keines Antriebes bei der Arbeit bedurften. In der guten Sommersonne, die uns alle Tage leuchtete, roch es schön nach gestocktem Kienharz, gewürzig nach den Nadeln der Kiefernkronen, kräftig nach dem Schweiß der emsig arbeitenden Männer. Zwischen ihnen allen lief ich munter umher und hatte redlich teil an ihrem Lachen und den derben Späßen, die sie oft auch an mir nicht sparten. Doch trieben sie's sanft mit mir, da ich doch in dieser Männerwelt das einzige Geschöpf war, das keinen Mann darstellte, freilich auch kein Weib, freilich auch kein rechts Kind. Vorzüglich gefiel ihnen meine rasch verwegene Bettlerfrechheit, und daß ich fluchen und verdammen konnte schlimmer als der Schlimmste unter ihnen, gefiel ihnen aus den Maßen.

Allerdings hätten bloße Wortfrechheit und rascher Zungenschlag auf die Länge bei diesen keinen Bestand gehabt, die kräftigere Kost gewohnt waren. Das merkte ich gleich, und da's wohl in mir gesteckt hat von Geburt an, daß ich meinen Mitlebenden stets mehr erscheinen wollte, als ich war, so wagte ich vieles um ihres Beifalles willen, dessen ich mich sonst nie getraut. Wenn ein Baum, von den Axtschlägen an seinem Wurzelstock ermüdet, ins Fallen geriet, so unternahmen es zwei oder drei (doch immer die gleichen), unter dem stürzenden Stamm hindurchzuspringen, gleich als wollten sie den Sterbenden ob seines Todes verhöhnen und ihre eigene Lebenskraft rühmen – der doch mit seinem Tonnengewicht ruhmlos aus den Überlebenden Mitsterbende hätte schlagen können.

Als ich nun einmal beim Fällen stand und des Fallens wartete, faßte mich einer der Holzknechte, der grobe Julian geheißen, hei der Hand und schäkerte: »Komm, Jungfer Braut, spring mit mir ins Hochzeitsbett!« Ich sah die Augen der andern auf mich gerichtet, meine Ruhmsucht ward stärker als meine Angst, und ich wagte mit ihm den Sprung unter den drehenden Stamm. Ich hörte Sausen und Krachen, Luft brauste, mein Mäntelein zerschliß an einem Aststumpen, Fichtennadeln stachen mir ins Gesicht und brannten wie Schnee im bösen Ost – aber ich war drüben, und die beistimmenden Zurufe der Männer belohnten mich. Seitdem wagte ich dies dann und wann wieder, meistens an der Hand des groben Julian, manchmal aber auch allein.

Ein anderes Stücklein, daß ich von den Männern lernte, war dieses. Wenn sie nicht wollten, daß ein Baum in eine Schlucht fiel oder auf andere Bäume, stieg einer von ihnen, indes die Äxte schon an den Wurzeln nagten, in die Krone hinauf, ein hänfenes, starkes Seil auf dem Rücken, daß er oben festknüpfte. Dann stieg er wieder hinab mit dem andern Seilende, und kam der Baum ins Wanken, zogen sie den fallenden nach der Seite, die ihnen gut dünkte. Einmal ermunterten mich einige, und da ich selbst nicht klettern konnte, hockte ich mich auf das Seilbündel, das der Mann hinauftrug, und blieb allein in der Krone sitzen, indes sie unten weiterhieben. Bei jedem ihrer Schläge zitterte der Baum in der Krone – und ich mit. Riefen sie aber unten: »Wizzel, fühlest du es schon?«, schrie ich munter zurück: »O ihr Schlappschwänze, ihr wollet wohl, daß ich hier oben anwachse?!« und beschleunigte so ein Ende, vor dem ich mich doch fürchtete. Immer stärker fing der Baum zu schwingen an, Schwindel überkam mich, ich meinte, alle Himmel kreiseten über mir und in mir. Dann bebte es, sie zogen das Seil straff und schrien: »Rutsch, Wizzel, rutsch!« Mit einem Lappen um den Händen, daß sie nicht verbrannten, sauste ich das straffe Seil hinab in die Arme der Männer – hinter mir drein aber stürzte der fallende Riese, donnerte und dröhnte und faßte mich doch nicht.

Dieses Stücklein sah mein Vater nicht gerne und verbot's mir. Ich wagte es aber doch manches Mal wieder, war
er nicht in der Nähe, und da mir die Holzknechte beistan-
den, gelang es stets. Ich gewann aber aus diesen und
ähnlichen Streichen nicht nur den Beifall der rohen Leute,
sondern ein neues Selbstvertrauen. Mein Bettlerwitz war
schal gewesen und meine Waldzwergenherrlichkeit bei
den Köhlerskindern hohl – denn es steckte nichts da-
hinter. Nun lernte ich, daß der Mut in der Brust, die Über-
windung der eigenen feigen Angst große Kraft geben, und
hatte ich bisher meinen Körper, wie ich's von den andern
gelernt, verachtet, so neidete ich jetzt keinem Holzknechte mehr seine graden, starken Glieder, die doch
nicht wagten, was ich vermochte.

Solches neue Selbstvertrauen gab mir die Kraft, eine
andere Prüfung mit gute Miene zu bestehen, die mich
erwartete. Beim Umherspringen zwischen der Arbeit
sprang ich eines Tages unversehens in eine sausende Axt.
Sie fuhr in meine Wade wie reißendes Feuer. Am Boden
lag ich und blutete gewaltig, Schwäche kam mir, und gerne
hätte ich geschrien. Doch sah ich die Gesichter der Wald-
männer über mir, mit vielen großen umrunzelten Augen,
fliegenden und festen Bärten, kupferrot und lehmbraun
gebrannt. Vielleicht erinnerte ich mich dessen, wie leicht
diese solche Verletzung abtaten, vielleicht aber war's
auch, daß ich einer war und sie viele, und ich den einen
nicht vor den vielen gering machen wollte – was alles auf
nichts anderes hinausläuft, als daß ich mich zu schreien
schämte. Genug – ich war des Sprechens vor verschreck-
tem Atem nicht mächtig, doch bleckte ich ihnen meinen
Zungenlappen bis übers Kinn, als freue ich mich ihres
Schrecks.

Da lachten sie gewaltig und beifällig und behandelten
meine Wunde auf ihre Weise. Denn während der eine
nach Lindenbast lief, ihn über den Hieb zu legen, be-
stimmten sie den groben Julian als den Salzigsten und
Schärfsten, sein Wasser über die Wunde laufen zu lassen.
Er tat's und ließ es gewaltig plätschern. Ich aber ermannte

mich darüber, obwohl die Wunde wie Feuer brannte, gewann Sprache und Witz wieder, faßte sein Patengeschenk, riß kräftig daran und schrie: »Oh, du derber Schelm, weißt du denn nicht, daß man Heiligtümer und Denkmäler nicht anbrunzen darf?! Warte, du Bursche, jetzt wollen wir deine Gans auch in einen Lattenkäfig sperren!« Und ich riß so derbe, daß er vor Schmerz schnatterte – ich aber schnatterte auch, denn die Schmerzen übermannten mich, und die Sinne schwanden mir.

Doch verschlug das nicht viel, denn mein Bein heilte binnen einer Woche, und ich konnte bald wieder zwischen den Männern auf der Rodung umherspringen und meinen Witz an ihnen schärfen. Mein Vater aber sah dem fast grämlich zu und seufzte gar manches Mal: »Ach, Wizzel, ich wollte, ich hätte dieses Geschäft nie übernommen, so fett es auch ist. Wirst du doch völlig zum Narren!« Dazu lachte ich nur und bat ihn, mir von den zu erwartenden Goldgülden ein neues rotes Wams und Mäntelein zu kaufen, denn mein altes war völlig zerschlissen. Über die Aussicht auf die Goldgülden erheiterte er sich ein weniges und versprach mir heilig, was er noch nicht hatte, und, wie's dann ausging, nie haben sollte. So war er kein minderer Narr als ich.

ZWANZIGSTES KAPITEL
Wie Wizzel Kien durch seinen Witz in arge Bedrängnis geriet und in eine Esse fahren mußte

Indessen hatten weder die Kinnbacken noch die Zungen der Männer gefeiert, die Eingeweide der Kisten und Tonnen vom mitgebrachten Essenswerke zu leeren, und wenn sie auch recht geschickt gewesen waren, ein Häslein in einer Schlinge zu fangen, ein Rehlein in einem Dickicht zu umstellen und sich in die Arme zu treiben, vom Lauersitz einer Tanne bei einer Wildschweinsuhle einer zottigen Bache auf den spitzen Rücken zu springen, wobei der

Reiter mit einer Axt seinem Reittier den Schädel zerschlug – wie konnte solch Brätlein so viele Fresser sättigen?! Der Tag kam, da der bleichnasige Schreiber, dem längst freilich die Sonne den Zinken kupferrot gebrannt hatte, unter die Männer trat und also sprach: »Ihr Waldkerle, der Speck ist dahin und das Mehl in den Tonnen fast nicht mehr genug, mein Haar zu pudern. Am Boden des Salzfasses schwimmt nur noch ein kleines Sole-Wässerchen, und im Brotkasten kann Wizzel seine Mäuslein tanzen lassen. Valet, du schöner Wald, und dahin! Übermorgen, wenn die Sonne aufsteigt, heißt's Heimkehr nach Schalkemaren.« Und er greinte jämmerlich, denn das Leben im grünen Walde hatte ihm gefallen wie keinem von uns, und ihn ängstete es vor der schwarz-muffeligen Schreibstube.

Da ging es nun an ein Zusammensetzen und Ausmessen des gewonnenen Kiens, der Schreiber aber mußte, statt, wie er gerne gewollt, allen Schmetterlingen nachzuspringen und alle Blumen anzusprechen, eines jeden Anteil errechnen. Da ergab es sich, daß auf den Mann zwei Goldgülden kamen, auf meinen Vater aber viere, weil er alle Last und Sorge des Geschäftes gehabt hatte. Da freuten sich alle mit großer Freude und malten sich aus, was alles sie kaufen wollten, vornehmlich aber einen Mordsrausch. Mich aber befiel große Betrübnis, denn ich sah wohl, das schöne, gesellige Waldleben hatte nun ein Ende, und mir grauete vor dem einsamen Waldwinter mit dem Vater. Es tröstete mich auch nicht, als der Vater mit einem Bandmaß an meiner Gestalt umherfuhr und mit Kohle die Zahlen für mein neues Wams vom Schreiber innen auf sein weißes Stadthemde schreiben ließ – denn ich ersah daraus, daß er auch dieses Mal mich nicht zum Liefertage nach Schalkemaren mitnehmen wollte.

Ich lief recht trübsinnig umher und zergrübelte mir meinen Kopf mit tausend Plänen, wie ich's anstellen könnte, daß die Männer wieder zurück in den Wald, ich aber dessenungeachtet für zwei oder drei Tage nach Schalkemaren käme zu vernehmen, wie dort der Wind für mich wohl bliese. Es wollte mir aber gar nichts einfallen, und ich verzweifelte schon völlig an meinem Witz – da gelang es mir doch am letzten Abend, und ich geriet, wie mich deuchte, auf den Meisterplan aller Pläne. Wohl brauchte ich dazu einen Genossen, doch meinte ich des groben Julian sicher zu sein, und erzählte ihm, soviel mir gut schien, freilich längst nicht alles. Als die Männer nun den großen Planwagen voll mit Kien luden, schlich sich Julian mit einer Stichsäge in meines Vaters Hütte und schnitt auf ihrer Rückseite ein Feld los, ließ es aber sitzen, doch so, daß ich es ohne Beschwer hinausdrücken konnte. Als nun am Morgen die Rosse, die mit Waldgras und Laubheu den allerbesten Sommer von uns allen gehabt, vor den Wagen geschirrt wurden und in ihrem Übermut recht wild mit den entwöhnten Sielen umsprangen, nahm mein Vater mich bei der Hand, führte mich zur Hütte und sprach: »Es ist mir recht leid, Wizzel, aber ich muß dich wiederum hierlassen. Zu essen hast du genug und deine Mäuslein sind gute Gesellschaft, und in drei Tagen bin ich wieder hier und bringe dir das Allerbeste.«

Ich aber sprach, nichts unversucht zu lassen: »Nimm mich mit, Vater, nach Schalkemaren.« – »Du weißt, Wizzel«, antwortete mein Vater, »welch schweren Zorn der hohe Herr Priepas und mancher andere noch auf dich hegen. Bleibe also hier, es ist das beste.« Damit schob er mich in die Hütte und setzte einen schweren Balken gegen die Tür. Während er aber noch vorne sicherte, schlüpfte ich schon hinten in die Hände des groben Julian, der mich eilig in eine ausgesparte Höhlung auf dem Kienwagen setzte, vor mich aber einen Korb mit Kien stellte. Wenn's aber einer der Männer gesehen hat, gesagt hat es meinem Vater keiner – zu ihrem Unheil.

Da saß ich nun im fahlen Dunkel, unter mir rumpelten und pumpelten die schweren Wagenräder über die Wurzelknollen, ganz aus der Ferne hörte ich die mitschreitenden Holzknechte schreien und dröhnend lachen. Ihre Stimmen schienen aber immer ferner zu werden, so sehr bezwang der betäubende Kienruch, an den ich doch schon gewöhnt zu sein meinte, mir die Sinne. Doch aß ich dagegen mit Brot und Speck aus meiner Tasche an, wollte auch meinen Mäuslein, die aufgeregt um mich piepten, davon geben. Ihre ansonst aber ewig hungrigen Mägen verschmähten für dieses Mal die gebotene Kost, unruhig fuhren sie, nach einem Auswege suchend, hin und her. Das Rumpeln und übermächtige Stoßen des Wagens, das Quietschen und Knarren der Kienholzbeugen ängstete sie – am Ende pfiff eine hell, fuhr in einen Spalt, den ich fühlen, doch nicht sehen konnte, und kam nicht wieder. Andere folgten ihr, und sosehr ich pfiff, bat, lockte, hielt doch keine bei mir aus, alle verließen mich – bis auf das Mäuslein Blitz, die Stammutter meines ganzen Mäuse-hausstandes, die ich freilich vorsorglich nicht aus der Hand gelassen. Der Verlust meiner lieben Mäuse betrübte mich sehr, die einzig mir gebliebene Blitzin bettete ich in meiner Kappe und barg sie an meiner Brust, ihr ein Eiapo-peia-Liedchen pfeifend.

Darüber ward ich selbst müd und sank ungeachtet meiner bedrängten Lage in tiefen Schlummer, aus dem ich nicht früher erwachte, ehe nicht das Knallen und Stoßen der Räder auf Steinen mir verriet, daß wir schon durch die Straßen Schalkemarens fuhren. Auch entnahm ich das aus den Rufen viel gefügigerer Stimmen, als die groben Stim-men der Waldknechte waren, aus dem Geräusch anderer Wagen und nun aus dem Geläut vieler Glocken, aus de-nen ich den Großen Peter wohl herauskannte. Sie läuteten aber zum Angelus, denn der Tag ging zur Neige, was ich aus der völligen Finsternis in meinem Verliese merkte. Da war ich gleich hellwach; frisch gestärkt durch meinen langen Schlummer überdachte ich noch einmal meinen Plan, der den Männern ihren wohlerworbenen Verdienst nicht schmälern und sie doch am nächsten Tage schon wieder in den Wald zurückbringen sollte, neuen, arg not-wendigen Kien zu erwerben. Dann faßte ich mein Mäus-lein Blitz in die Hand, schob die Kleider, so gut es gehen wollte, zurecht und stellte alles, was getan werden mußte, wohl bänglich, doch getrost meinem Witze anheim.

120

Nun verriet mir ein hohles Donnern, daß wir durch die lange Torfahrt des Stadthauses fuhren. Jetzt beruhigte sich der Lärm, noch einmal knackten, knarrten, ächzten, quietschten, stöhnten Räder und Ladung – und ich wußte, wir hielten auf dem mauerumzirkten Hofe des Stadthauses. Rufe wurden laut, viele liefen, einer schrie befehlerisch – und ich meinte an der befehlenden Stimme jenen weinlustigen Profosen zu erkennen, der mich in meinen Bettlertagen so arg gezwackt. Nun wurden die Stimmen um vieles deutlicher, woraus ich entnahm, daß sie den groben Wagenplachen zurückgeschlagen, der närrische Schreiber schrie auch. In der Ladung wurde gerissen und gehoben, klappernd und prasselnd stürzte eine auseinandergefallene Last Kien aufs Pflaster. Laut schalt der Profos, die Rosse vorm Karren stampften, und Licht fiel in mein Versteck. Eilig ward ich zurückgeschoben, und der grobe Julian flüsterte: »Halte dich immer in den Falten des Plachens, so siehet dich keiner, und du kannst, ist der Wagen erst vom Hofe, bei einer Straße hinabgleiten, die dir behagt.«

Jetzt noch folgte ich seinem Rat (wenn auch für später meine Absichten auf anderes zielten), schob mich mit dem zurückweichenden Plachen immer weiter auf den Wagen, spähte aber eifrig zwischen den Falten, daß ich auch alles sähe, was vorging. Hoch auf hatten die Männer schon den Kien getürmt. Um die Holzberge aber strichen, Meßrute und Meßband in der Hand, allerlei Schreiber, während unser Schreiber und mein Vater Auskunft gaben, auch einmal nachmaßen, stritten, doch gleich wieder lachten. Denn alles hatte völlig den Anschein eines Festes, nicht nur die Holzknechte waren froh in Aussicht auf ihren Lohn, auch die Stadtmenschen waren voller augenscheinlicher Freude über den Wald, der mit all seinen Würzen ihnen auf den hoch ummauerten Steinhof gefahren kam. In den letzten Schimmer des scheidenden Tages mischte sich schon der Schein einiger Fackeln, die vor der Wachtstube der Soldaten spuckten und sprühten. Die letzten Bunde wurden vom Wagen gehoben, der grobe

Julian flüsterte: »Gedulde dich noch ein kleines, Wizzel. Jetzt werden wir alle samt dem Fuhrmann gelöhnt und dann geht es in die Stadt. Willst du mich aber vielleicht noch finden, suche mich in der Wirtsstube zum Kupfernen Doppelhumpen!« Und er lachte fröhlich.

Wirklich drängten nun alle Waldleute hinter dem Säckelmeister ins Stadthaus, und auch viele Amtspersonen und Stadtsoldaten drängten nach, wohl hoffend, von den reichen Lohn einheimsenden Knechten zu einem fröhlichen Umtrunk geladen zu werden. Fast still lag der Hof, und leise glitt ich vom Wagen und barg mich hinter einer längst erspähten Säule, die nahe bei der Wachstube, doch auch nicht weitab vom Kien lag. Als ich um mich sah, merkte ich dicht bei mir einen jener Behälter stehen, in denen die Soldaten, wie ich wußte, die Lunten zu ihren Arkebusen aufbewahren. Fast war er mir zu hoch, doch gelang es mir endlich, wenn auch mit Ächzen, hineinzufassen und einige Lunten zu nehmen. Eine band ich meinem Mäuslein Blitz an den Schwanz, die andern hielt ich wartend in der Hand.

Über eine Weile drängte es lachend und mit Gelde klimpernd aus der Zahlstube, gegen die Torfahrt schob es sich, Waldleute, Soldaten, Schreiber, bunt durcheinander. Dicht an mir ging mein Vater vorüber, schwang fröhlich die Arme und sang:

> »Das Schwein, das muß gebraten sein –
> Der Wein, der soll geraten sein –
> Dann möchten wir die Paten sein –
> Hullehullehops!«

Ich zürnte ihm ob dieser fröhlichen Schlemmsucht und fand, er hätte besser seines im dunklen Walde verlassenen Wizzel wehmütig gedenken müssen. Dann verschluckte sie alle der dunkle Schlauch der Torfahrt, nun knatterte auch der Wagen hinterher – leer und verlassen lag der Hof.

Leise schlich ich an eine Fackel heran, hielt eine Lunte an ihre qualmende Glut, das Salpeter zischte, der Funke erglimmte, ich hielt die Lunte am Schwanz meines Mäus-

122

chens Blitz dagegen – und ließ schreckensstarr alles fallen! Denn eine schwere Hand erfaßte mich an den Haaren und eine weinrauhe Kehle schrie: »Was tust du, Bube?! Warte, jetzt habe ich dich, Wizzel! Jetzt wirst du geviertelt und gebrannt – und mir bringt dein Fang fünf gute Goldgülden!« Da fuhr das Herz mir in die Hosen, und nicht nur dieses, denn ich stank gewaltig! Ade, liebe Welt! Hinein in den dunklen Turm, Wizzel! Hinaus zum Meister Henker mit dir, Narr!

Doch beide erschraken wir gewaltig, denn eine tanzende Helle erleuchtete den Hof. Mein Mäuslein Blitz, die glimmende Lunte am Schwanze, war unter das bergende Kienholz gelaufen – und schon brannte es aufprasselnd, und geschehen war, was ich gewollt. »Fürio!« schrie der Profos, die Arme hochwerfend. Ich ersah meine Gelegenheit und entsprang gegen die Torfahrt. »Fürio!« schrie er lauter, sprang auch schneller und verstellte mir den Ausweg. Knapp fuhr ich noch in eine offene, dunkle Türe. »Fürio!« schrie er zum dritten, sprang mir nach und schrie: »Greifet den Mordbrenner!« Ich lief eine Treppe hinauf, nahe polterten die derben Stiefel der Verfolger, die sich schon gemehrt hatten. Ich huschte durch einen Gang, hell hinein fiel der Schein immer steigender Glut – sie liefen um Goldgülden, ich aber ums liebe Leben. Neue Treppen, Schritte, Gepolter da und dorten, höher, immer höher, Rufe: »Dort ist er! Haltet ihn! Der böse Zwerg!« Stets glostender, gleißender der Schein.

Eine letzte Treppe, eine Stiege nur, eine Leiter fast. Eine offene Luke – und ich war auf dem Dach. Hier kam's mir zugute, daß ich im Walde Schwindelfreiheit gelernt. Auf dem First rutschte ich weiter und weiter, bis mir der schwarz gähnende Schlund einer Esse Einhalt gebot. Tief unter mir tanzten die Flammen, tausend Menschen liefen, die ganze Stadt Schalkemaren erbrauste – und dieses hatte ich bewirkt. Unbändiger Stolz erfüllte meine Brust.

Doch schon nahten die Verfolger. Ängstlich sich aneinanderhaltend rutschten sie mir näher, an ihrer Spitze als der gierigste der weinselige Profos. »Komm, Wizzel«, lockte er. »Sei nicht dumm. Entrinnen kannst du uns nicht. Und ich schwöre dir, gibst du dich gutwillig in meine Hände, soll dir bis zu deinem Tode nichts abgehen.« Ich griff einen Kalkbrocken und warf ihn gegen ihn. Er wankte, als habe ihn eine Arkebusenkugel getroffen. »Du Schelm!« schrie er. »Willst du denn, daß wir alle in den Abgrund stürzen?« Doch er besann sich und fing von neuem an mit Schmeichelreden. »Höre, Wizzel«, schmeichelte er. »Komm doch! Hänge dich nicht an dieses Leben! Was verlierst du denn? Nur deinen Buckel und die Mißgestalt! Deine Seele aber . . .« Damit war er sehr nahe gekommen, listig griffen während seines Sprechens die Hände nach mir. In der Tiefe lauerte mit tanzender Glut und drohend schreiendem Volke der sichere Tod. Nichts anderes verhießen die drohenden Hände des schurkischen Profosen. Da wagte ich es und fuhr, die Beine voran, in den schwarz gähnenden Essenschlund . . .

SCHLUSS DES ERSTEN BÜCHLEINS

124

ANHANG

NACHWORT

Nachdem die offiziöse Kritik im Jahre 1934 über seine
Romane »Wer einmal aus dem Blechnapf frißt« und »Wir
hatten mal ein Kind« den Stab gebrochen hat, kommt
Fallada zu dem Schluß, daß er sich dem Verdikt – »gassen-
hauerischer Naturalismus« – entziehen muß, wenn er im
»Dritten Reich« vom Erlös seiner Bücher leben will. Das
Schreiben unter einem solchen Druck gelingt ihm allerdings nur mit Mühe. Attacken und Affronts halten ihn wie
bisher in Atem, und schon bei geringen Anlässen reagiert
er depressiv. Zwischen November 1934 und Mai 1936, in
den anderthalb Jahren, in denen »Altes Herz geht auf die
Reise«, das »Märchen vom Stadtschreiber, der aufs Land
flog« und der Anfang des »Wizzel Kien« entstehen, verbringt er mehr als sechs Monate in Sanatorien.

Mit der Niederschrift des Narrenbuchs beginnt Fallada
Ende Oktober 1935. Doch bereits nach drei Wochen malt
er – nicht zuletzt unter dem Eindruck der Unannehmlich-
keiten, die ihm die »Reichsschrifttumskammer« bereitet –
den Teufel an die Wand: Er glaube, heißt es in einem Brief
an den Rowohlt Verlag, man werde das Buch »gar nicht
veröffentlichen können«. Drei Tage später zieht er sich für
eine längere Zeit in die Klinik eines guten Freundes zurück. Ende Februar 1936 setzt er dann den »Wizzel Kien«
fort, beendet das erste Buch Mitte April und verbringt den
Mai abermals unter ärztlicher Aufsicht.

Er ist, so scheint es, uneins mit sich selbst. Anfang
Februar hat er den Verlag um Material über die Inflation
1919–1923 gebeten. Anfang März akzeptiert er Rowohlts
Vorschlag, »Life with Father« von Clarence Day ins Deut-
sche zu bringen. Mitte Juni, während er daran arbeitet,
meldet er, am liebsten würde er das Narrenbuch weiter
schreiben; doch er werde zweieinhalb Jahre benötigen
und währenddem zu wenig Geld verdienen. Ihm schwebt
dieser »Wälzer« von tausend Seiten als eine Ausgabe in
acht separaten Bänden vor.

So kündigt Rowohlt seinen Besuch in Carwitz an, und

dort kommt es am ersten Juli-Wochenende zu einer offenbar heftigen Debatte. »Mein Plan«, äußert Fallada wenige Tage später in einem Brief an seine Schwester Elisabeth, »einen achtbändigen Roman aus dem Mittelalter zu schreiben, die Geschichte eines Schalksnarren, bleibt unverändert; der erste Band ist druckfertig, aber Rowohlt will nicht. Mag nicht. Hat keinen Mumm. Das Buch sei zu derb.« Daß die paar Derbheiten den Verleger nicht stören, weiß er selbstredend; Rowohlt zeigt auf die Tabus der Nazis hin. Diese Ge- und Verbote sind Fallada freilich nicht ganz unbekannt: Vergangenen Sommer, beim Redigieren des Romans »Altes Herz« für den Vorabdruck in einem Wochenblatt, haben ihm die Redakteure mit ihren Instruktionen gehörig zugesetzt.

Rowohlt lenkt sehr bald ein und kommt seinem Autor sogar im Streit um die Editionsform entgegen: Er halte es für möglich, jeden Band einzeln oder zwei Bände in einem zu bringen. Er hat das voraussichtliche Honorar errechnen lassen, und er lockt mit dem Vorschlag, »Wizzel Kien« durch den Holzschneider Heinz Kiwitz illustrieren zu lassen. Fallada, nach eigenen Worten »ein nachtragender Mensch«, zieht sich jedoch in einen Schmollwinkel zurück. Das Manuskript, antwortet er am 3. August, müßte jedenfalls zu einem Drittel vorliegen, ehe man den ersten Band veröffentlichen könne.

Und er verrät kein Sterbenswort, daß er seit zwei Wochen in guter Stimmung und gewohntem Tempo an einem neuen Projekt arbeitet. Danach hüllt er sich ganz in Schweigen, und zum Jahresende macht er seinem Ärger in einem groben Brief Luft. Wochen vergehen, bis sich die Kontrahenten versöhnen, und erst im April 1937 rückt Fallada mit der Nachricht heraus, daß er das Manuskript eines zwölfhundert Seiten umfassenden Romans, daß er »Wolf unter Wölfen« fast beendet habe. Von »Wizzel Kien« ist in der Folge nicht mehr die Rede.

Den historischen Hintergrund des Narrenbuchs legt Fallada expressis verbis fest. Am Anfang der Arbeit sagt er in

128

einem Brief: »Es ist sicher das Schwierigste, was ich je unternommen, wenn ich nur den Ton halte, es ist Mittelalter, Dreißigjähriger Krieg.« Heute mag eine solche Zeitbestimmung überraschen; man setzt den Beginn der Neuzeit ja generell um 1500 an. Damals wurde auch die Auffassung vertreten, daß das Mittelalter tief ins 17. Jahrhundert hineinreiche, und Fallada wird ebendies auf dem Gymnasium gelernt haben.

Drei Monate später schreibt er an seine Tante Ada, die Intellektuelle in der Ditzen-Familie: »Das nächste Buch wird nun wohl ganz mystisches Mittelalter werden, eine Mischung von Rabelais und Grimmelshausen, ad usum ›Delphini‹ gemildert« – das zielt auf die Gilde der NS-Ideologen – »und mit süßer Sahne geschönt.« Doch »mystisches Mittelalter«, ein Repräsentant der Renaissance und der literarische Chronist des Krieges 1618–1648 lassen sich schwerlich auf so direkte Weise verketten.

Fast alle Aussagen über das Leben und Treiben in Schalkemaren, eher eine Handels- und Gewerbe- als eine Ackerbürgerkommune, verweisen auf das Spätmittelalter. Das Stadtregime, Zunftwesen und Rittertum, Bettelorden und Bettlerordnungen, die ausnahmslos katholischen Riten sowie verschiedene Details, die man zeitlich bestimmen kann, erlauben eine Datierung auf die zweite Hälfte des 15. Jahrhunderts. (Das »Notdurfthäuserchen«, »diese unerhörte Neuerung«, läßt sich als gezielter Anachronismus erkennen.) Die wichtigste Prämisse des Dreißigjährigen Krieges, die Reformation, fehlt dagegen ganz, und nur ein Wizzel, der alt wird wie Methusalem, könnte die Distanz überbrücken.

Fallada war weder nennenswert historisch gebildet – während seines letzten kompletten Schuljahrs in der Obersekunda, 1910 bis 1911, hatte er drei Wochenstunden Geschichte, aber je sieben Latein und Griechisch – noch gibt es Anhaltspunkte, daß er für das Narrenbuch spezielle Studien getrieben habe. Sachverhalte, praktische Erfahrungen, Leseerlebnisse lassen sich indes an allen Ecken und Enden ausfindig machen; drei Beispiele seien genannt.

Die Namen seiner Figuren erfindet Fallada nicht; er benutzt solche, die er irgendeinmal vorgefunden hat. Den des Narren holt er weither: Seit seiner Zeit in Neumünster weiß er über den heiligen Wizelin Bescheid, der von 1126 an und vom »nygen münster« auf der Schwale-Insel aus in Wagrien missioniert hat und als Stifter der Stadt gilt. Voll Ironie läßt er eine der Laienschwestern verkünden, Wizzel sei kein Christenname, und mit Bedacht bestimmt er einen weiteren berühmten Heiligen, Sebaldus, zum Paten für den Täufling.

Mit Pferden ist der Gutsbeamte Ditzen viele Jahre lang umgegangen. In Carwitz kutschiert der Hofherr während der ersten Zeit einen Wagen: den Apfelschimmel vorgespannt, der ein paar Tücken hat und den Fallada gleich zweimal in seine Bücher einbringt. Den Kienmichel in einen Pferdehandel zu verwickeln und all die Schäden und Krankheiten fachmännisch aufzuführen, die der Käufer kennen muß, wenn er nicht auf die Roßtäuscher hereinfallen will, macht ihm mithin keinerlei Mühe.

Eine Anleihe, die er aufnimmt, ist dem Autor möglicherweise gar nicht bewußt geworden. In extrem hohem Maße speichert er auch Lesefrüchte in seinem Gedächtnis, und er hat sie, als seien es beliebige Fakten, jederzeit in vollem Umfang parat. So kommt es, daß Wizzel, bucklig, mit großem Kopf, wächsernem Gesicht, gewaltiger Höckernase und ellenlanger Zunge, mit seinen Spinnenbeinen und den blutleeren Händen, sehr an den Zwerg Nase aus Wilhelm Hauffs Märchen erinnert.

Offenbar greift Fallada, der passionierte Leser, überhaupt auf Erträge seiner Lektüre zurück. Märchen und Sagen, die Volksbücher, Werke der schönen Literatur liefern ihm das Material, das er für den Fond seiner Erzählung braucht. Wie gewohnt wuchert er am erfolgreichsten mit seinen Pfunden: der Fabulierlust, der Erfindungsgabe, der Einbildungskraft, und er denkt sich auch diesen Lebensbericht aus, während er ihn niederschreibt.

Eine alte, vergangene Sprache nachzuahmen liegt ihm nicht. Er schafft sich eine eigene. Fallada verwendet historische Begriffe, und er bevorzugt Wörter, die im Duden als »veraltet« oder »gehoben«, als »landschaftlich«, »umgangssprachlich« oder »derb« bezeichnet werden. Von ihm erfundene und seltene mundartliche Wendungen lassen sich oft nicht voneinander unterscheiden. Er kreiert kuriose Wortverbindungen und Wortspiele, er gebraucht Diminutive, wie man sie aus dem Märchen kennt, er dekliniert und konjugiert, als lebe er in altfränkischen Zeiten. Und er weiß sehr gut, daß es vor allem darauf ankommt, den einmal gefundenen Ton, den Tonfall und die Tonlage, zu halten.

Der alte Wizzel erzählt sein Leben und beginnt mit der frühen Kindheit. Ab und zu flicht er ein, dies und das habe man ihm »nachmals berichtet«; nicht selten ist er der allwissende Erzähler. Gelegentlich greift er vor; er verrät, daß er Schalksnarr beim Ritter Wetterplitz wird, und er plaudert aus, wie hoch das Vrenerl aufsteigt. Mal kündigt er eine Lösung im »nächsten Büchlein« an, mal schildert er den nichtigen Auftakt einer gewaltigen künftigen Fehde. Fallada ändert seine eingespielte Arbeitsweise nicht: Den großen Bogen hat er im Kopf, die Abenteuer, die Mordsgeschichten müssen ihm im richtigen Moment einfallen.

Das erste Buch macht einen Bruchteil des geplanten Ganzen aus, über das Vorhaben gibt es nur wenig Aufschluß, und doch zweifelt man nicht daran, daß das ungewöhnliche Milieu und der historische Rahmen die Themenwahl auch weiterhin nicht beeinflussen werden. Von seinem Hauptanliegen, das Leben der kleinen Leute zu schildern, läßt Fallada sich nicht abbringen. Die Sentenz »Je schwächer einer ist, um so mehr sind's, die sich an ihm mästen möchten« verbildlicht er musterhaft: Die Stadt, die Zunft, der Eigner des Bettelplatzes schlagen Profit aus dem verwachsenen Wicht, und das Vrenerl, eine Art Manager, beutet ihn nach allen Regeln der Kunst aus.

Wie immer bringt Fallada für die Patrizier und für die Geistlichen keinen Funken Sympathie auf, und die reichen Kaufleute läßt er den Pissekrieg nur dadurch gewinnen, daß sie sich den Bettelherrn hinterrücks vom Halse

schaffen. Schwarzweiß malt er dennoch nicht. Die Fecht-
brüder sind gleichfalls Erpresser, Bösewichter gibt es
ebenso unter den Armen, und der Narr, von kleinauf
herumgestoßen, frühreif und durchtrieben, weiß sich mit
lautem Lamento und dubiosen Finten seiner Haut zu
wehren. (Er ist das Gegenstück zu einem anderen »Buk-
kel«, zur sanften, starken Tutti Hackendahl, der unwill-
kommenen Schwiegertochter des eisernen Gustav.)

Der betagte Wizzel kennt sich mit den Menschen aus.
Er weiß, daß ein Kleiner mit einem Großen nicht gut
Kirschen essen kann, und »die Wandelbarkeit der Volksgunst« hat er am eigenen Leibe erfahren. Für ihn steht
außer Zweifel: Der breiten Masse sei »ein pomphafter
Scharlatan, macht er nur viel von sich reden, stets lieber
als ein stiller Prophet«. Fallada, der in seinen Büchern
trotz aller Härten und Schärfen zum guten Ausgang neigt,
zeigt sich jetzt als Pessimist, und die Vermutung drängt
sich auf, er umschreibe auf diese Weise die bösen Erfahrungen, die er unter der Hitler-Despotie hat machen
müssen.

Jahre später, im November 1939, denkt er darüber nach –
das teilt er Heinrich Maria Ledig mit, Sohn des Seniors
und Geschäftsführer des inzwischen zur Deutschen Ver-
lags-Anstalt Stuttgart zählenden Rowohlt Verlags –, ob er
nicht ganz privat für sich den zweiten Band des »Wizzel
Kien« schreiben solle. Er tut es nicht; er hält es aber auch
für unpassend, den Teil eines Buches zu veröffentlichen,
das er zur Gänze kennt.

Wir müssen solche Skrupel nicht teilen. Nach dem
Märchen vom fliegenden Stadtschreiber präsentiert sich
Hans Fallada mit der Geschichte des Schalks Wizzel Kien
erneut von einer Seite, die eine nicht sehr ausgeprägte,
doch eigenständige Komponente seines Werks darstellt.
Den beständigen Lesern soll und kann man schon aus
diesem Grunde den Torso nicht vorenthalten.

Berlin, im Dezember 1994   *Günter Caspar*

ANMERKUNGEN

15 *Scharwache* – Stadtpolizei.

17 *Höker* – ambulanter Händler.

18 *Bonnox* – aus »bonus« (lat.: gut) und »nox« (Nacht).

19 *Schweißwolle* – Rohwolle.

25 *Sporteln* – Gebühren für eine Amtshandlung.

29 *Weibel* – auch Feldweibel, Rangstufe bei den Landsknechten.

31 *Leichdorn* – Hühnerauge.

34 *Schleifkanne* – hölzerne Kanne mit Deckel und Henkel über der Öffnung.

37 *Profos* – in den Truppen des Mittelalters mit Polizeigewalt und Gerichtsbarkeit Beauftragter.

63 *Zinshahn* – hier den Zins-, den Grundherrn bezeichnend.

69 *reuten* – roden.

74 *Arkebuse* – Hakenbüchse des 15. und 16. Jahrhunderts, seit etwa 1450 mit Luntenschloß.

77 *Popel* – Schreckbild, Popanz.

78 *Hatschiere* – Bogenschützen (ital.: aciere).

91 *setzen* – (weidm.) gebären.

92 *Leilachen* – großes Leinentuch, das Bett überdeckend.

104 *wahrschauen* – warnen; achtgeben.
Gebrech – (weidm.) Rüssel des Schwarzwildes; gemeint sind offensichtlich die Eckzähne (Hauer, Gewehre) des Keilers.
forkeln – (weidm.) mit dem Geweih stoßen.

ZUM TEXT

Das Fragment des »Wizzel Kien«, das »Erste Büchlein«, ist im Nachlaß – betreut vom Hans-Fallada-Archiv in der Stiftung Archiv der Akademie der Künste, Berlin – sowohl in einem Manuskript erhalten, der Handschrift des Autors (Seite 1 bis 72), als auch in einem Typoskript (Seite 1 bis 105), das Korrekturen von Falladas Hand aufweist.

Der Titel auf dem Deckblatt lautete ursprünglich: »Der Narr von Schalkemaren / Eine Novelle von / Hans Fallada« und wurde vom Autor später geändert in: »Wizzel Kien / Der Narr von Schalkemaren / Ein Roman von / Hans Fallada«.

Unser Abdruck ist die erste Veröffentlichung und folgt dem Typoskript. Die altertümlichen und altertümelnden Wörter, Wendungen und Schreibweisen wurden nicht angetastet. Sonst folgten wir in Orthographie und Interpunktion den Regeln des Duden; im Zweifelsfall gaben wir der Vorlage den Vorrang.

G. C.